Juegos del destino
Barbara Dunlop

Editado por Harlequin Ibérica.
Una división de HarperCollins Ibérica, S.A.
Núñez de Balboa, 56
28001 Madrid

© 2015 Barbara Dunlop
© 2017 Harlequin Ibérica, una división de HarperCollins Ibérica, S.A.
Juegos del destino, n.º 139 - 22.3.17
Título original: Seduced by the CEO
Publicada originalmente por Harlequin Enterprises, Ltd.

Todos los derechos están reservados incluidos los de reproducción, total o parcial. Esta edición ha sido publicada con autorización de Harlequin Books S.A.
Esta es una obra de ficción. Nombres, caracteres, lugares, y situaciones son producto de la imaginación del autor o son utilizados ficticiamente, y cualquier parecido con personas, vivas o muertas, establecimientos de negocios (comerciales), hechos o situaciones son pura coincidencia.
® Harlequin, Harlequin Deseo y logotipo Harlequin son marcas registradas por Harlequin Enterprises Limited.
® y ™ son marcas registradas por Harlequin Enterprises Limited y sus filiales, utilizadas con licencia. Las marcas que lleven ® están registradas en la Oficina Española de Patentes y Marcas y en otros países.
Imagen de cubierta utilizada con permiso de Harlequin Enterprises Limited. Todos los derechos están reservados.

I.S.B.N.: 978-84-687-9278-1
Depósito legal: M-42984-2016
Impresión en CPI (Barcelona)
Fecha impresion para Argentina: 18.9.17
Distribuidor exclusivo para España: LOGISTA
Distribuidores para México: CODIPLYRSA y Despacho Flores
Distribuidores para Argentina: Interior, DGP, S.A. Alvarado 2118.
Cap. Fed./Buenos Aires y Gran Buenos Aires, VACCARO HNOS.

Capítulo Uno

Kalissa Smith se quitó los guantes manchados de tierra de trabajar en el jardín y retrocedió sonriendo con orgullo y satisfacción. Habían tardado un mes, pero la nueva pradera brillaba como una esmeralda bajo el sol de agosto. Los parterres, situados contra las paredes de ladrillo de la casa de dos pisos de los Newberg, tenían tierra nueva, y habían plantado arces enanos en una de las esquinas del espacioso jardín, que proporcionaban sombra e intimidad.

–Los pimenteros quedan muy bien –dijo Megan desde la camioneta de la empresa–. Creo que a los Newberg les gustarán.

–Más vale que sea así –observó Kalissa.

–¿Hemos ganado algún dinero con esto? –preguntó Megan.

–Eso espero –contestó Kalissa–. Hemos perdido con la turba, pero hemos ahorrado en la mano de obra.

–Porque casi todo lo hemos hecho nosotras.

–No está mal que nos fijemos un salario tan razonable.

Megan sonrió ante al chiste.

–Tiene un aspecto fantástico.

A Kalissa le dolían los hombros, tenía las pantorrillas cargadas y los abdominales doloridos de tantos días de esfuerzo físico. Pero así se ahorraba ir al gimnasio, además de ponerse morena.

–Voy a hacer unas fotos para la página web.

Mosaic Landscaping llevaba funcionando algo menos de un año. Kalissa y Megan la habían creado cuando se graduaron en la universidad en Diseño Paisajístico.

–Esta tarde había tres nuevas consultas en el buzón de voz –apuntó Megan.

–¿Podemos al menos cenar antes de empezar un nuevo proyecto?

–Me apetece una hamburguesa.

–Pues vamos a Benny's.

Benny's Burger era un pequeño restaurante en un callejón cercano a la tienda en las que trabajaban, al oeste de Chicago. Habían alquilado la vieja tienda y el almacén por su generoso tamaño y lo razonable del alquiler. La estética no había intervenido en su decisión, aunque habían pintado y adecentado el piso que había arriba, en el que habían metido dos camas y algunos muebles usados.

Kalissa sacó la máquina de fotos de la camioneta para hacer fotos desde distintos ángulos. Mientras tanto, Megan recogió las herramientas que quedaban y las metió en la caja que había en la camioneta. Después, se apoyó en esta y se puso a mirar su tableta.

–¿Hay más consultas en la web? –preguntó Kalissa.

—Sigue habiendo mucha gente que quiere mantenimiento.

Megan y Kalissa habían hablado de añadir el mantenimiento a sus servicios. No era en lo que querían centrarse, pero si conseguían contratar a una buena cuadrilla de trabajadores, tal vez consiguieran ganarse un dinero extra. El negocio crecía poco a poco, pero el margen de beneficios aún era escaso.

—¿A ti qué te parece que también hagamos mantenimiento? —preguntó Kalissa tras sacar las últimas fotos.

—¿Se te ha pasado contarme algo? —preguntó Megan mirando la tableta.

—¿De qué?

Megan giró la tableta para que la viera. Kalissa entrecerró los ojos para protegerse del sol y vio a una pareja de novios. Él era guapo y llevaba esmoquin; ella llevaba un vestido precioso y sostenía un ramo de rosas y tulipanes.

—¿Lo ves? —preguntó Megan.

—¿Te refieres a las rosas?

—A la novia.

Kalissa se fijó y se quedó asombrada.

—Eres tú —afirmó Megan.

—No soy yo —Kalissa examinó aquel rostro familiar. Obviamente, no podía ser ella.

—Hay un montón más de fotos —dijo Megan. Se las fue pasando en la tableta.

—¿Qué es esto? —preguntó su amiga agarrando la tableta. ¿Es una broma? ¿Es cosa tuya?

–Me he encontrado con las fotos hace dos minutos.

Kalissa se detuvo en la que los novios cortaban la tarta.

–No está mal –dijo Megan–. Tiene siete pisos.

–Es evidente que en esta otra vida tengo dinero. Es una lástima que no pueda traspasarnos un préstamo. Se acerca mi cumpleaños –dijo mientras trataba de adivinar quién podía haber dedicado tanto tiempo a gastarle esa broma de regalo.

–El novio es muy guapo.

–Está como un tren –afirmó Kalissa mirándolo mejor.

–Dice aquí que es Shane Colborn.

–Me suena ese nombre.

–De Colborn Aerospace –era una importante empresa de Chicago.

–Entonces tiene que haber sido alguien de aquí quien haya hecho esto.

–Shane Colborn es el dueño de la empresa –le explicó Megan.

–Pues no creo que le parezca gracioso –observó Kalissa, preocupada–. Tenemos que conseguir que esta página se elimine.

–Es totalmente legal.

–Pero esto es ridículo.

–Creo que tienes una doble.

–Esto es un montaje –Kalissa volvió a examinar el rostro de la novia–. Nadie podría parecerse tanto a mí.

–Salvo que tengas una hermana gemela.

Kalissa negó con la cabeza.

—Eres adoptada —apuntó Megan.

—Tenía casi un año cuando me adoptaron. Mi madre hubiera sabido que tenía una hermana gemela y me lo hubiera dicho.

Gilda Smith no era una persona muy organizada. Le gustaba el jerez en exceso y no tenía muy buena memoria, pero era difícil no recordar que tu hija adoptada tenía una gemela.

—Tal vez os separaran.

—¿Quién? ¿Y por qué iba a mantenerlo en secreto?

—Ella es Darci Rivers; bueno, ahora, Darci Colborn.

—Mi apellido de nacimiento es Thorp.

—Sí, pero ahora es Smith. Quien adoptara a la tal Darci le cambiaría también el apellido.

—No puede ser —Kalissa miró de nuevo el rostro de aquella mujer y sintió una opresión en el pecho. La semejanza era demasiado grande para que se tratara de una coincidencia. Cabía la posibilidad de que tuviera una hermana gemela secreta.

—Debieras llamarla —dijo Megan—. Tal vez ella pueda hacernos un préstamo.

—No lo dirás en serio —dijo Kalissa, horrorizada.

—Se acaba de casar con un multimillonario.

—¿Y qué?

—En cuanto te vea...

—No voy a dejar que me vea.

—¿Por qué no?

—Porque yo no voy a ser esa persona.

—¿Qué persona?

—El familiar largo tiempo perdido que aparece por sorpresa cuando hay dinero.

—No tienes que pedirle dinero.

—Da igual que lo haga o no. Creerán que me he mantenido al margen todos estos años y he decidido presentarme ahora.

—Probablemente te ofrezca ella el dinero.

—Ya basta.

—Se lo devolveremos.

—¿Lo ves? –preguntó Kalissa–. Incluso tú crees que voy detrás del dinero. Y eso que eres quien mejor me conoce.

—No creo que vaya a echar de menos unos miles de dólares. Temporalmente.

—No, no y no –dijo Kalissa cerrando la ventana de la tableta y devolviéndosela a Megan.

—No puedes hacer como si no pasara nada.

—Ya lo verás.

Riley Ellis estaba emocionado y aterrorizado a la vez. Su fábrica de aviones se había expandido, tenía un importante contrato para vender varios, una elevada hipoteca en el edificio y una línea de crédito agotada.

—Voy a darle al interruptor –le dijo a Wade Cormack, que, desde Seattle, hablaba por teléfono con él.

—Enhorabuena –dijo Wade, dueño de Zoom Tac, la empresa que le suministraba la mayor parte de las piezas del nuevo jet E22.

Riley dio al interruptor y las luces del techo se encendieron secuencialmente. Los ordenadores se conectaron y los robots comenzaron a funcionar en la línea de montaje. Los cien miembros del personal de la planta lo vitorearon.

Riley no había puesto todo en marcha dándole a un solo interruptor. Los supervisores y encargados de cada departamento habían esperado a que se encendieran las luces, lo cual era la señal para que conectaran todo. Eran las ocho de la mañana del 16 de agosto, el día de la ampliación de la fábrica.

Desde el corredor del tercer piso, Riley saludó a sus empleados.

–El reloj se ha puesto en marcha –dijo a Wade.

Los vítores se fueron apagando y cada uno se dedicó a su tarea.

–¿Cómo van los certificados de las piezas nuevas? –añadió mientras volvía al despacho.

–Parece que van por buen camino.

–Estupendo –exclamó Riley sentándose en la silla del escritorio. Por costumbre, debido a las recientes obras en la fábrica, llevaba pantalones cargo, camiseta y botas. En parte deseaba bajar a la planta de montaje y mezclarse con sus empleados, pero sabía que tenía que estar al mando.

Había más de ciento cincuenta trabajadores, distribuidos en tres turnos. Necesitaban un jefe, no un compañero, por lo que debía centrarse en la dirección de la empresa.

–Buena suerte –le deseó Wade.

–Hablamos dentro de unos días.

Riley se recostó en la silla y pensó en su padre, Dalton Colborn, que no lo había reconocido como hijo suyo ni, desde luego, proporcionado apoyo alguno. Sin embargo, la vida de ambos había terminado siguiendo un camino similar.

Riley se preguntó si Dalton se habría sentido así en los primeros tiempos, cuando su empresa había comenzado a crecer. ¿Había experimentado la misma mezcla de miedo y euforia? Dalton había pasado de no tener nada a poseer una empresa multimillonaria antes de morir, por lo que tenía que haber corrido riesgos a lo largo de la vida.

Shane Colborn era su heredero, el hijo legítimo.

El teléfono móvil le indicó que había recibido un mensaje. Era de Ashton Watson, su amigo desde el instituto. Era una foto con el siguiente texto: *Alucinante*, inmediatamente seguido de otro: *Conozco a la novia*.

A Riley le picó la curiosidad y amplió la foto, en la que aparecía Shane, vestido de esmoquin, acompañado de una mujer preciosa, de pelo de color caoba y ojos verdes, vestida de encaje blanco. En una escala de belleza del uno al diez, obtendría un diez. Pero eso era de esperar tratándose de Shane.

La puerta del despacho se abrió y entró Ashton.

–Menudo elemento, esa mujer. De lo más desagradable.

–No lo parece –dijo Riley–. ¿De qué la conoces?

–Era la compañera de piso de Jennifer.

–¿Quién es Jennifer?

Ashton lanzó un exagerado suspiro al tiempo que se sentaba.

–Salí con ella cuatro meses.

–¿La conozco?

–Sí, la has visto una vez por lo menos: rubia, ojos azules, piernas estupendas.

–Me estás describiendo al tipo de mujer con el que has salido desde la universidad.

–Ella era distinta. Da igual. Me apuesto lo que quieras a que a Shane no le va a ir bien.

–Con lo buen tipo que es –afirmó Riley con sarcasmo.

Ashton sonrió e indicó con la cabeza las ventanas que daban al interior de la fábrica.

–Parece que las cosas van bien.

–Me resulta increíble que todo funcione.

–Sabía que lo conseguirías.

–Todavía no lo he hecho –Riley se levantó a mirar por la ventana. Las máquinas funcionaban y la gente trabajaba. Pero faltaba mucho para que aquello fuera rentable.

–Sí lo has conseguido –apuntó Ashton situándose a su lado–. Dentro de poco, tendrás tantos contratos que no sabrás qué hacer.

–Aunque no te lo creas, he estado pensando en Dalton.

–¿En serio?

–Pensaba que él debió de empezar como yo, corriendo los mismos riegos, sintiendo el mismo miedo y teniendo las mismas esperanzas.

—Te pareces más a él que Shane.

—No es lo que ambiciono —Riley no admiraba ni respetaba a su padre biológico. Lo odiaba.

—A Shane todo le ha venido dado. Tú has tenido que luchar para llegar adonde estás.

—Con deudas hasta el cuello y bordeando el desastre.

—Eso es lo que hace que sea emocionante. Sin riesgo, no hay recompensa.

—¿Por eso vuelas como lo haces? ¿Por las descargas de adrenalina?

Ashton era piloto de helicóptero, voluntario en su tiempo libre para misiones de búsqueda y rescate. Tenía fama de aceptar los vuelos más arriesgados.

—Desde luego. Por eso y para impresionar a las mujeres.

—Como si hubieras tenido alguna vez problemas para conseguirlas —Riley volvió a mirar la foto.

—Ella se llama Darci Rivers —dijo Ashton.

Había algo cautivador en sus ojos y en su sonrisa. De repente, Riley se imaginó su cabello extendido sobre una almohada. Desechó la imagen rápidamente.

—¿Crees que Shane ha cometido un error? —le preguntó a Ashton.

—Claro que sí. Es una arpía.

—Pues espero que, por lo menos, lo distraiga.

A partir de aquel momento, Shane y él se disputarían los mismos contratos. Que Shane se acabara de casar con una mujer difícil tal vez le diera ventaja.

***

Por la ventana del restaurante, un hombre apuesto y bien vestido llamó la atención de Kalissa por segunda vez. La miraba sin disimulo mientras ella llevaba en la carretilla tres azaleas por el jardín.

Estaría bien creer que se interesaba por ella. Era muy atractivo, con ojos oscuros, nariz recta y una mandíbula cuadrada que lo hacía parecer poderoso. Pero ella iba vestida con vaqueros manchados de tierra, una camisa verde descolorida y unas botas de trabajo. Llevaba el pelo recogido en una cola de caballo, que ya se le había medio deshecho. Y el rímel que se había aplicado en quince segundos esa mañana le había desaparecido hacía tiempo.

No, seguro que aquel hombre no estaba pensando en pedirle el número de teléfono, sino que más bien, a juzgar por su ceño fruncido, se sentiría ofendido por la suciedad mientras intentaba disfrutar de una comida refinada.

Kalissa siguió empujando la carretilla hasta llegar a un parterre entre dos magnolios.

–Creo que esta separación entre los tres es la adecuada –observó Megan levantándose después de haber cavado tres agujeros para las plantas.

–Quedarán preciosas –afirmó Kalissa.

Si un día su presupuesto se lo permitía, no le importaría cenar en aquel lujoso restaurante. Volvió a dirigir la vista hacia allí. El hombre la seguía mirando. Probablemente sintiera curiosidad por lo que hacían, aunque resultaba obvio. O tal vez le aburriera su compañero de mesa y buscara distracción.

Su compañero de mesa era un hombre que parecía serio y gesticulaba con las manos mientras hablaba. Kalissa supuso que sería una aburrida reunión de negocios. Los dos llevaban traje.

–Vamos allá –dijo Megan mientras soltaba la cuerda que sujetaba la arpillera que envolvía la raíz de la azalea. La colocó en el hueco.

De pronto, una voz masculina las sorprendió.

–¿Qué hacen aquí?

Las dos lo miraron. Era el hombre del restaurante y estaba enfadado. Kalissa pensó que lo habían molestado mientras cenaba. Pero no habían hecho ruido. Se irguió para enfrentarse a él.

–¿Me está espiando? –preguntó el hombre.

–¿Cómo? –la pregunta la pilló totalmente desprevenida.

–Me ha estado observando.

–Solo porque usted me observaba a mí.

–¿Qué es todo esto? –preguntó él señalando las azaleas y la carretilla.

–Azaleas –respondió Megan.

–Estamos plantándolas –explicó Kalissa al tiempo que se cruzaba de brazos.

–Bajo mi ventana.

–¿Es suyo el restaurante? –preguntó ella con sarcasmo. Si fuera el dueño, sabrían que Mosaic Landscaping iba a trabajar allí toda la semana.

–Me refería a la ventana de mi mesa.

–No sé quién es usted ni me importa. Y ahora, nos disculpará, pero tenemos que seguir trabajando.

–¿No sabe quién soy? –preguntó él con una nota de incredulidad en la voz–. Y seguro que no tiene ni idea de que estoy cenando con Pierre Charron.

–Desde luego que no.

–Voy a buscar al encargado –dijo Megan.

–No –replicó el hombre.

–Perdone –dijo Kalissa–, ¿nos va a impedir que vayamos a buscar al encargado?

–No creo que quieran explicarle esto a ningún encargado –aseguró el hombre.

–¿Explicarle por qué estamos plantando flores?

–Explicarle por qué están en propiedad ajena sin permiso.

Kalissa intentó buscar una explicación. Él la había acusado de estarlo espiando. ¿Qué hacía aquel hombre que mereciera la pena que lo espiaran?

–Me resulta increíble que él las haya mandado. ¿Por qué lo ha hecho? –preguntó el hombre, con expresión confusa.

Kalissa se sacó una tarjeta del bolsillo y se la enseñó.

–Mire, Mosaic Landscaping. Somos nosotras.

El hombre, receloso, la tomó y la leyó.

–¿Por qué usted? –preguntó.

–Porque tengo un diploma en Diseño Paisajístico.

Él le miró el cabello y la ropa. Estaba más perplejo que enfadado.

–¿Por qué ha enviado a su esposa? No debería haberlo hecho.

–No estoy casada.

–Ya.

–¿Kalissa? –intervino Megan.

–En serio –dijo esta al tiempo que se quitaba el guante izquierdo y le enseñaba la mano al hombre.

–El anillo estará en la caja fuerte –dijo él.

–No tengo caja fuerte.

–Kalissa –dijo Megan agarrándola por el hombro–. Cree que eres Darci.

–¿Cómo?

–Es Darci –afirmó el hombre.

–¿Darci Colborn? –preguntó Kalissa cayendo en la cuenta.

–Esto es absurdo –apuntó el hombre.

–Ya lo entiendo. No soy Darci Colborn. Me parezco a ella un poco. Soy Kalissa Smith. Y se lo puedo demostrar. Puedo identificarme.

Él la observó durante largo rato.

–¿Qué tiene usted contra Darci Colborn? –preguntó Kalissa.

–No la conozco.

–Por eso está usted tan confuso. Ella es muy diferente a mí, en persona.

–¿La conoce?

–La he visto en vídeos.

–Son gemelas –dijo Megan.

–Eso no lo sabemos, Megan.

–Debieras ponerte en contacto con ella –insistió su amiga.

–No.

–¿Es usted diseñadora paisajística? –preguntó el hombre.

–Sí.

–Y se llama Kalissa Smith.

–Es lo que pone en la tarjeta.

–Y no conoce a Darci Colborn.

–No sabía de su existencia hasta la semana pasada.

–Lo siento –se disculpó él, y parecía sincero. La seguía mirando con intensidad.

–No pasa nada.

Era un hombre increíblemente guapo: alto, en buena forma, de unos treinta años. Era una lástima que su interés no tuviera que ver con ella.

–¿Puedo quedarme con la tarjeta?

–¿Tiene usted una casa con jardín? –preguntó Megan.

–Sí –afirmó él mientras se la metía en el bolsillo–. Buenas noches.

–Buenas noches –respondió Kalissa.

–¡Qué guapo! –exclamo Megan.

–¡Qué extraño! –dijo Kalissa mirándolo entrar. Pero tuvo que reconocer que estaba como un tren. Había algo extraordinariamente sexy en su voz profunda. Esperaba que llamara y, contra toda lógica, que lo hiciera para algo más que para que le arreglara el jardín.

Capítulo Dos

La noche siguiente, sentado en la terraza de su casa con Ashton, Riley seguía pensando en Kalissa.

La esposa de su hermanastro tenía una hermana gemela, sexy y secreta. Parecía que nadie sabía de su existencia.

—Hay que dejar de lado la pregunta de cómo es posible —observó Ashton mientras se servía un trozo de la pizza que estaba en la mesa.

—Sí, hay que dejarla de lado —afirmó Riley, aunque se la había hecho la noche anterior en la cama. También había pensado en Kalissa, en sus verdes ojos, sus labios rojos y su cuerpo perfecto, no oculto del todo por la ropa de trabajo. Había consultado las redes sociales ese día, pero no había fotos de ella, y su nombre aparecía en la web de Mosaic Landscaping, pero sin foto.

—¿Podría haber estado espiándote por encargo de su hermana? —preguntó Ashton.

—Si lo estaba haciendo, se merecería un premio como actriz. No hay forma de que oyera mi conversación con Pierre Charron, y solo podría informar de que me reuní con él. ¿Y para qué utilizar a una doble de Darci para hacerlo? Hay formas más sencillas; por ejemplo, sobornar a un camarero.

–Entonces, ¿qué vas a hacer?

–Creo que voy a dedicarme al diseño paisajístico –respondió Riley agarrando el móvil.

–¿Vas a tener cerca a tu enemiga? –preguntó Ashton sonriendo.

Riley se sacó del bolsillo de la camisa la tarjeta de Mosaic Landscaping.

–No creo que sea mi enemiga, aunque no sé de qué va todo esto.

–¿Crees que son gemelas?

–Son idénticas –contestó Riley marcando el número.

–¿Para qué vas a seguir con eso? ¿Qué vas a ganar?

–Aún no lo sé.

–Te atrae.

–Es atractiva –reconoció Riley.

–Supongo que no se trata de conseguir lo que Shane ya tiene.

–Hace mucho tiempo que lo he superado.

–¿Seguro?

–Sí.

–Mosaic Landscaping.

–¿Eres Kalissa?

–Sí.

–Soy Riley –titubeó, y no dijo el apellido–. ¿Te pillo en mal momento?

–En absoluto. Tú dirás.

–Quería concertar una cita contigo.

–Muy bien. ¿Buscas una visita en la web o vas a venir a la oficina?

–Voy a ir a la oficina. ¿Puede ser hoy?

—Volveremos dentro de una hora. ¿Te va bien?

—Sí —miró el reloj y vio que eran casi las siete—. Está siendo un día largo, ¿verdad?

—Normal.

—Nos conocimos anoche y me preguntaste si tenía jardín.

—Fue Megan la que te lo preguntó.

—Pues sí, lo tengo. He estado pensando que le vendrían bien unos arreglos.

—¿Es broma?

—No, no es broma.

Se produjo un silencio antes de que ella preguntara:

—¿Cuánto mide la parcela?

—Es grande. Tiene un roble. Quiero decir que es lo único que hay: césped con un árbol. No sé si podrás salvarlos.

—Tendría que verlo.

—Prefiero que hablemos primero, que me propongas unas ideas generales.

—Como quieras. ¿A las ocho menos cuarto?

—Muy bien, allí estaré —Riley colgó.

—No quiero decirle mi apellido —dijo Riley a Ashton al tiempo que agarraba su jarra de cerveza.

No quería que supiera que competía con Shane. Aunque tal vez no conociera aún a los Colborn, estaba seguro de que lo haría muy pronto.

—Invéntate uno —sugirió Ashton—; tendrás que extenderle un cheque.

—La casa está registrada a nombre de Ellis Aviation y puedo pagarle en efectivo.

–Eso la hará recelar. Creerá que eres un delincuente.

–Creo que funcionará –afirmó Riley. Ayer la acusé de ser una espía. Si me comporto como si fuera paranoico, ella creerá que es mi forma de ser.

–¿Puedo acompañarte? –preguntó Ashton riendo–. Va a ser entretenido.

Kalissa no sabía si Riley estaba paranoico, era un agente secreto o estaba en un programa de protección de testigos. En la semana anterior había descubierto que las características dominantes de su personalidad eran la inteligencia y la capacidad de trabajo.

Era mucho más normal y agradable de lo que le había parecido a primera vista, y a ella no le gustaba pensar que alguien tan guapo y sexy estuviera desequilibrado. Después de haber reflexionado sobre ello, se decidió por la teoría del programa de protección de testigos.

Riley le había prometido pagarle una prima, por lo que pasó a encabezar la lista de sus encargos. Después de un trabajo inicial para nivelar el terreno, había llegado un cargamento de losas y los instaladores irían el jueves a ponerlas en el jardín.

Estaba emocionada porque Riley hubiera aceptado la idea de construir un spa y una zona para barbacoas. Así era como ella lo haría si el jardín fuese suyo.

El sol se estaba poniendo y ella se dirigió a la parte trasera de la casa.

–¿Tienes sed? –le gritó Riley desde la terraza–. Sube.

Ella lo hizo por la escalera exterior.

–¿Té helado? –él le indicó un jarra sobre una mesa redonda de madera con dos sillas.

–Con mucho gusto –respondió ella sentándose en una de ellas.

Había sido un día caluroso y la camisa de algodón se le pegaba al cuerpo. Los vaqueros estaban llenos de polvo y tenía el cabello pegajoso de sudor y suciedad.

Él había vuelto de trabajar una hora antes, justo cuando se acababa de marchar Megan. Llevaba los pantalones del traje, camisa blanca y la corbata floja. Tenía el cabello limpio, la cara afeitada y las uñas inmaculadas.

Ella se miró las suyas. Llevaba guantes todo el día, por lo que estaban limpias.

–Parece que habéis avanzado mucho –dijo él sirviéndole té.

–Hemos tenido que quitar el césped.

–No era gran cosa.

–¿Lo aireabas, fertilizabas y replantabas?

–Tus labios se mueven y emiten palabras, pero…

–Da igual. Ya nos ocuparemos nosotras –apuntó ella sonriendo.

–¿Dónde está Megan?

–Estamos empezando otro proyecto en Oak Park.

–Parece que tenéis mucho trabajo.

Ella aceptó el vaso de té con muchos cubitos de hielo que le ofrecía.

–Vamos avanzando poco a poco y añadiendo más trabajadores temporales a nuestra lista de turnos. Sin embargo, es difícil ser competitivos y obtener beneficios.

–Y que lo digas –él asintió al tiempo que se sentaba.

–Me has dicho que tienes tu propia empresa –ella se había dado cuenta de que era muy reservado, pero esperaba que le diera más detalles.

–Hacemos piezas de repuesto, sobre todo para el sector de transportes. Es difícil conseguir un margen de beneficios.

–¿Cuánto llevas dedicado a los negocios?

–Diez años. Empecé joven. ¿Y tú?

–Algo menos de un año. Nos hemos esforzado mucho, y nuestra base de clientes crece gradualmente. Gracias por añadirte a ella –levantó el vaso a modo de brindis.

–Voy a hablar a mis amigos de ti. ¿Necesitas que haga algo esta noche?

Riley llevaba a cabo algún trabajo cuando la cuadrilla de trabajadores se marchaba, tanto para ahorrarse un dinero como para facilitarles las cosas a la mañana siguiente.

–Ya hemos nivelado el terreno. Lo siguiente es poner las losas –ella se levantó parar mirar desde la barandilla.

Riley la imitó y se puso a su lado.

–¿Se requieren conocimientos profesionales para hacerlo?

–Sí.

–Yo no soy un experto.

–No, a no ser que me ocultes algo.

–Te he ocultado algo.

–¿El qué? –preguntó ella conteniendo la respiración.

Se hizo un silencio que la obligó a levantar la vista. La mirada de Riley era cálida e íntima. A ella se le puso la carne de gallina. Él le apartó un mechón de cabello de la sien.

–Eres increíblemente hermosa –susurró acercándose a ella un poco más.

–Estoy llena de polvo –dijo ella, sorprendida.

–Pues no lo veo –observó él sonriendo–. Pero sí veo tus bellísimos ojos y tus hermosos labios –le acarició el labio inferior con el pulgar–. Y suaves –susurró inclinándose hacia ella, que contuvo la respiración. Él le acarició la mejilla y le introdujo los dedos en el cabello. Después, agachó la cabeza.

El beso comenzó de manera suave, pero pronto aumentó de intensidad. Ella abrió los labios mientras él le ponía la mano libre en la espalda. Le introdujo la lengua y ella le salió al encuentro con la suya al tiempo que ladeaba la cabeza y le ponía las manos en el pecho. Las deslizó hacia arriba y se quedó maravillada ante sus bien definidos pectorales y la anchura y fortaleza de sus hombros. Acabó rodeándole el cuello con los brazos.

Él la apretó contra sí. Ella quería más, aunque

se daba cuenta de que todo aquello se estaba produciendo a la velocidad del rayo. Él notó que vacilaba y se separó de ella.

—¡Vaya! —consiguió exclamar Kalissa.

—¡Vaya! —Riley le hizo eco.

El sol se había puesto y les rodeaba la penumbra. Él seguía abrazándola.

—Normalmente, yo no… —ella titubeó.

—¿Besas a alguien así?

— … salgo con los clientes —aunque reconocía que no recordaba que la hubieran besado así.

—Solo llevas trabajando un año, por lo que no habrás tenido muchas oportunidades. ¿Te ha sucedido alguna vez?

—No.

—Entonces, no tienes una regla en contra.

—Ni a favor.

—¿Adónde quieres ir? —preguntó él.

—No he dicho que quiera salir contigo.

—Supongo que mis posibilidades aumentarán si te gusta el sitio al que vayamos. ¿Qué te parece el Navy Pier a tomarnos un perrito caliente y a montarnos en la noria?

—¿Me estás invitando a un perrito caliente? —preguntó ella, sorprendida e intrigada a la vez.

—Y a un helado.

—¿Y esperas que acepte? —ella estaba asombrada, pero él no se inmutó.

—No me parece que seas de las que les gusta ir a escuchar una sinfonía y a cenar a un restaurante caro.

—Eso es porque nunca me has visto limpia. Creo que es un juicio sesgado, impropio de ti, Riley.
—¿Preferirías ir a escuchar una sinfonía?
Ella le estaba tomando el pelo.
—Tu primera impresión ha sido correcta.
—Me has tomado el pelo —dijo él apretándola contra sí.
—En efecto.
—No debiera hacerme gracia.
—Supongo que no.
—¿Puedo volver a besarte?
—Solo una vez, porque…
Él inclinó la cabeza y le susurró:
—Porque esto va demasiado deprisa y es demasiado intenso.
Ella asintió.
—Es demasiado —afirmó él rozándole los labios.
—Sí.
La besó larga y profundamente.

—Verdaderamente, no es una cita —dijo Kalissa a Megan mientras recorrían los pasillos de Annabelle's Discount Boutique.
—Chico, chica, cena… ¿Y no es una cita?
—Me refiero a que no es una cita para la que vaya a comprarme un vestido nuevo, a ir a la peluquería y a hacerme la manicura —Kalissa sostuvo unos vaqueros para que Megan los viera—. ¿Qué te parecen?
—Son bonitos. ¿Cuánto cuestan?

–Cuarenta dólares.

–¿Menos el treinta por ciento de mi cupón?

–Se quedan en quince. Puedo permitírmelo –afirmó Kalissa.

–Irían bien con esto –apuntó Megan eligiendo un top blanco y plateado.

Oyeron unas risitas y se volvieron. Dos chicas les hicieron una foto con el móvil.

–¿Os gusta el top? –preguntó Kalissa.

Ellas se fueron sin responder.

–Se han creído que acaban de ver a la esposa de un multimillonario, es decir, a Darci, comprando en una tienda de descuento –dijo Megan.

Kalissa miró a su alrededor para comprobar que nadie le prestaba atención.

–Muchas personas famosas compran cosas baratas –prosiguió Megan.

–Darci no es famosa.

Era ridículo, pero Kalissa comenzó a sentir que todos se fijaban en ella y volvió a mirar a su alrededor. ¿Quién habría fuera observándola de forma encubierta? ¿Quién más la confundiría con Darci y creería que estaba haciendo algo inadecuado?

–¡Dios! –exclamó.

–¿Qué pasa?

–La cita con Riley en el Navy Pier. ¿Y si nos ve alguien y cree que soy Darci y que estoy engañando a Shane? –Kalissa no quería complicarle la vida a nadie–. Creo que voy a anularla.

–No puedes. Riley parece un tipo estupendo. ¿Y qué vas a hacer? ¿No volver a salir con nadie?

–Tal vez pudiéramos ir a un sitio menos público. Esto va a ser un problema.

–No es tu problema –dijo Megan dándole los vaqueros y el top.

–Es problema de Darci. Pero le debo algo por ser mi hermana, ¿no?

–Cuéntale que existes para que lo haga público. Eso impedirá que los periodistas la sorprendan.

–Puedo llamarla o mandarle un correo electrónico.

–Creerá que te falta un tornillo.

–Pues podría enviarle una foto.

–Creerá que es de ella o producto de Photoshop.

–Voy a llamarla. ¿Crees que nos pareceremos en la voz?

–Me parece que lo mejor es que te pases por su oficina –le aconsejó Megan–. Colborn Aerospace tiene las oficinas centrales al lado del río.

–¿Cómo lo sabes?

–Porque he buscado información de Darci en Internet. ¿Tú no?

–Solo un poco. Cumple años el mismo día que yo. Me pasaré por su oficina. La saludaré, le diré que soy su gemela y que si alguien le pregunta por qué estaba con un hombre en el Navy Pier responda que era yo.

–Pruébate primero los vaqueros –dijo Megan riéndose–. Pero, básicamente, eso es lo que debes decirle.

–Tardaré solo unos minutos. Entraré, la advertiré y saldré.

—Me temo que querrá hacerte algunas preguntas.

Kalissa decidió que era lo mejor que podía hacer, ya que era injusto correr el riesgo de que la prensa interrogara a Darci, y sobre todo a Shane, sin que ninguno supiera la verdad.

—Shane Colborn por la línea tres– anunció Emma Thatcher, la recepcionista de Ellis Aviation, por el interfono–. ¿Riley? –insistió al ver que este no contestaba.

—¿Estás segura?

—Dice que es Shane Colborn.

—Gracias, Emma.

Riley presionó el botón que parpadeaba.

—Soy Riley Ellis.

—Shane Colborn.

—¿Qué quieres? –hacía más de diez años que Riley no hablaba con su hermanastro. Habían intercambiado tres frases en toda su vida. Shane prefería negar su existencia.

—Creo que has hecho una oferta a Askeland Airlines.

—¿Dé donde has sacado esa información? –Riley no iba a confirmarla ni a negarla.

—Me lo ha dicho Richard Price, el vicepresidente de compras –se le notaba el enojo en la voz–. Ha dado a entender que tu precio es sorprendentemente bajo.

—¿Esperas que me ponga a hablar del precio contigo, o de cualquier otra cosa sobre una oferta que puede existir o no? Supongo que sabes lo que es la connivencia en la fijación de precios.

–No te estoy pidiendo que acordemos un precio –el enojo de Shane iba en aumento–. Esta llamada es de cortesía.

Riley soltó una fría carcajada.

–Pues hasta ahora te has portado de forma muy poco cortés.

–También hay leyes contra los precios predatorios.

–Son leyes para proteger las empresas pequeñas. La tuya es un conglomerado multimillonario; la mía no es ni el diez por ciento de la tuya. Se reirán de ti en los tribunales –Riley no estaba haciendo nada ilegal.

–Y de ti en la cárcel.

–Somos una empresa con menos personal que Colborn Aerospace, eso es todo.

–Nosotros tenemos una excelente reputación.

–Además del libro de tu antigua amante en que te acusa de espionaje industrial. ¿Estás espiándonos?

–No seas ridículo.

–Casarse con una mujer guapa no lo soluciona todo.

–No metas a mi esposa en esto –dijo Shane en tono duro.

Shane tenía razón. Aquello no tenía nada que ver con Darci.

–Tienes razón. Disculpa.

–Vaya donde vaya y mire donde mire, estás tú.

—Estamos en el mismo negocio. Debe de ser genético —contestó Riley esperando que Shane reconociera el parentesco entre ambos.

—¿Es una broma?

—Tómatelo como quieras.

—Heredar algo es solo el primer paso. Después hay que saber dirigirlo.

—Heredar es un paso enorme —Riley se hubiera contentado con heredar un dólar de su padre, con que Dalton lo hubiera mirado una vez a los ojos.

—Hace seis años que dirijo la empresa —Shane respiró hondo—. Da igual. Me importa un pito lo que creas.

—Y a mí lo que creas tú. Hago las ofertas que me da la gana. He sido independiente desde el primer día y así pienso seguir.

—Se trata estrictamente de negocios.

—Por supuesto —afirmó Riley, que detestaba que una simple llamada telefónica lo desequilibrara tanto. Se odiaba por esperar que Shane lo reconociera como hermano. Llevaba toda la vida esperando las migajas de la mesa de los Colborn. Ya estaba bien.

—¿Eso es todo? —preguntó en tono airado.

—Es todo —contestó Shane.

Riley colgó de golpe.

Capítulo Tres

En el vestíbulo del edificio de Colborn Aerospace, Kalissa perdió el valor. Se sintió repentinamente vulnerable y, a medio camino del mostrador de recepción, dio media vuelta.

–Señora Colborn –una mujer de chaqueta gris se le acercó–. ¿Ha tenido tiempo de leer el informe sobre el servicio de comida?

–Lo siento –contestó Kalissa con voz ahogada.

–Subiré con usted en el ascensor –dijo la mujer.

–¿Señora Colborn? –esa vez era una voz masculina.

–No mire. Siga andando y escúcheme. Fínjase interesada.

–¿Qué? –Kalissa miró en la dirección de la que procedía la voz.

–No mire –la mujer hizo una señal al guarda de seguridad, que se apresuró a ir hacia el hombre.

–Gracias, Bernie –dijo la mujer mientras otro guarda llamaba el ascensor.

Kalissa y la mujer se montaron y el guarda presionó el botón del vigésimo primer piso.

–¿El informe del servicio de comida? –insistió la mujer.

–Lo siento –repitió Kalissa. No quería contarle

a una desconocida que era la gemela de Darci antes de decírselo a esta.

–No se preocupe. Llámeme cuando lo haya leído. Todo son buenas noticias. Hay dos revistas interesadas en hacerle una entrevista. ¿Les digo que está usted disponible?

–Ya le diré algo –afirmó Kalissa con voz débil.

–¿Está usted bien? ¿No habrá pillado la gripe?

–Estoy bien. Solo me duele un poco la cabeza.

El ascensor se detuvo y las puertas se abrieron. Kalissa se bajó sin saber adónde ir. Había un mostrador de recepción, pero no podía preguntar dónde estaba su despacho.

–Señora Colborn, no la había visto marcharse –dijo la recepcionista al tiempo que miraba el pasillo que había detrás de ella. Kalissa suspiró aliviada. Al menos ya sabía en qué dirección encaminar sus pasos.

–Su ropa –observó la mujer–. ¿Le ha pasado algo a la chaqueta? ¿Quiere que avise a alguien para que se la limpie?

–No hace falta. Ya la avisaré –contestó Kalissa tomando el pasillo hacia el que había mirado la recepcionista. Pasó ante varias puertas cerradas, dos de las cuales tenían placas con el nombre de dos vicepresidentes. Al final del pasillo llegó a una puerta doble. *Shane Colborn, presidente*, leyó. Apoyó una mano en la pared para no caerse. No quería encontrarse con Shane antes de conocer a Darci.

Pensó en dar media vuelta, pero tendría que enfrentarse de nuevo con la recepcionista y, probablemente, no conseguiría salir del edificio sin ser abordada por otros empleados. Giró a la derecha y al cabo de unos segundos respiró aliviada. Había encontrado el despacho de su hermana. La puerta estaba entreabierta y oyó su voz.

–Estaré en la cafetería dentro de un rato.

A Kalissa se le contrajo el estómago: la voz era igual que la suya. Llamó a la puerta y esta se abrió de par en par.

Darci la miró mientras seguía hablando por teléfono, pero cerró la boca con fuerza.

–Yo… –dijo Kalissa sin saber por dónde empezar.

–Te llamo luego –dijo Darci a la persona con quien hablaba. Se levantó y avanzó unos pasos.

–No pretendía molestarla –observó Kalissa.

–Pero, ¿qué demonios…?

Se oyeron voces en el pasillo y Kalissa entró rápidamente al despacho para que nadie la viera.

–Lo siento mucho –se excusó–. Creí que esta era la mejor forma de presentarme, pero no me di cuenta de que para usted sería una bomba.

–¿Quién es usted?

–Me llamo Kalissa Smith. He visto las fotos de su boda y bueno… Supongo que se figura por qué estoy aquí.

–Es usted igual que yo. Exactamente igual.

–Increíble, ¿verdad?

Darci se le acercó y ella retrocedió. Todos sus rasgos eran idénticos.

–¿Somos gemelas? –preguntó Darci.

–Supongo que sí. Mi cumpleaños es el tres de octubre.

–¡Caramba! –exclamó Darci mirándola con los ojos como platos.

–No quiero molestarla. No iba a venir. Sé que estará ocupada por su reciente boda y esta empresa enorme. Pero mañana por la noche voy a salir con un hombre y, hoy, unas chicas me han hecho una foto en una tienda creyendo que era usted, y me he dado cuenta de que puede volver a pasar en el Navy Pier, donde tengo la cita. La gente puede creer que es usted –Kalissa cerró la boca con fuerza–. Estoy yéndome por las ramas.

–Somos gemelas –Darci estaba asombrada–. No lo entiendo. ¿Te crio nuestra madre? ¿Por qué nadie me dijo…? Ahora soy yo la que divaga.

–Es increíble –susurró Kalissa, que no esperaba sentir aquel dolor de corazón. Deseaba abrazar a Darci. Tenía una hermana. Los ojos se le llenaron de lágrimas.

La puerta se abrió.

–Cielo, Tuck me ha preguntado… Perdón.

Kalissa se volvió, y el hombre, obviamente Shane, se quedó paralizado.

–Cariño –dijo Darci– parece que hay algo más que mi padre se olvidó de mencionar.

–Pero ¿qué…? –Shane comenzó a dar vueltas en torno a Kalissa.

–Cumplimos años en la misma fecha –afirmó Darci.

–¿Es un truco?

Kalissa sonrió. No culpaba a Shane por su desconfianza.

–¿Pide dinero? –preguntó a su esposa.

–No.

–No –dijo Kalissa–. Y no lo aceptaría aunque me lo ofrecieran.

–Así comienzan las mejores estafas.

–Mírala –dijo Darci.

–Querremos una prueba de ADN.

–Como quieras, pero es innecesario. No voy a volver a veros. Solo quería avisaros. Desde que os casasteis, la gente ha comenzado a confundirme con ella. Compro en tiendas de descuento. A veces digo tacos o me enfado con un empleado de una tienda, y a veces salgo con hombres. Mañana por la noche tengo una cita con uno y me preocupaba que me confundieran con Darci, por lo que supondría para vosotros dos. No quería causaros problemas.

–Gracias –dijo Darci–. Eres muy considerada –sonrió de oreja a oreja y, sin previos aviso, se lanzó a abrazarla–. ¡Tengo una hermana gemela!

Kalissa, emocionada, cerró los ojos. Darci se separó de ella y le tomó el rostro entre las manos.

–Eres preciosa –lanzó una carcajada–. Mira que soy engreída.

Kalissa examinó el rostro de su hermana y se detuvo en el pómulo izquierdo.

–Tienes una peca.

–Tú no.

Shane carraspeó.

–Voy a anular todos mis compromisos para el resto del día.

–No lo hagas –rogó Kalissa–. No pretendía estropearte el día.

–Por supuesto que lo voy a hacer. Vosotras tenéis millones de cosas de que hablar. Iremos a casa, pediremos por teléfono algo de cenar. Y vino. Necesitamos un buen vino.

–Para brindar –apuntó Darci.

Riley podía haberse pasado la noche entera mirando a Kalissa. El cabello suelto le caía por los hombros y el maquillaje realzaba su hermoso rostro. Los ajustados vaqueros y el top despertaban su fantasía.

Tomaron diversas raciones en los quioscos de comida e hicieron una larga cola para subirse en la noria. La espera mereció la pena. El cielo estaba despejado, se veían las estrellas y los edificios de Chicago estaban iluminados.

El bullicio y el ruido de la multitud desaparecieron cuando se montaron en la balanceante cabina. Riley le pasó el brazo por el hombro y le rozó la piel desnuda.

–Nunca me había montado. Mira la ciudad –dijo ella.

–¿Nunca te habías montado de noche?

–Ni de día. Nunca había estado aquí.

–Creí que te habías criado en Chicago.

–A mi madre no le gustaban estas cosas –mientras se elevaban, ella lo agarró del brazo–. Es fantástico.

–No es de extrañar que te comportes como una niña –observó él, que se sentía enormemente gratificado.

–¿Te importa? –preguntó ella sonriendo de oreja a oreja.

–En absoluto –le gustaba eso de ella; mejor dicho, le gustaba todo de ella. La besó impulsivamente. Los labios de ella eran suaves y estaban húmedos. Sabían a algodón de azúcar.

Se separaron al llegar arriba. Ella tenía los ojos brillantes y las mejillas sonrosadas.

–Cuando era adolescente, a veces venía aquí con mis amigos –dijo él.

No sabía por qué había pensado en eso, ya que su infancia y juventud no habían sido muy divertidas. Su madre era hija de inmigrantes irlandeses y había sido ama de llaves en casa de Dalton Colborn durante casi veinte años, antes de morir de neumonía.

Dispuesto a tener aún más cerca de Kalissa, le puso la mano libre en la cintura, tocándole la piel que llevaba al descubierto.

–¿Fuiste un adolescente problemático?

–De vez en cuando. Hacíamos carreras en la calle y fiestas salvajes. Una vez robamos etanol del laboratorio de la escuela y preparamos ponche con él.

–¿Tú y quién más?

–Mi amigo Ashton.

Riley pensó que si quería impresionarla debía cambiar de tema.

–¿Y tú? ¿Cómo eras de niña?

–Era muy buena –respondió ella con una sonrisa inocente.

–No me lo creo.

–Es verdad. Estudié mucho para conseguir una beca y trabajé a tiempo parcial desde los catorce años. Quería ir a la universidad y sabía que mi padre no podría costearme los estudios.

–Así que eras la niña buena por excelencia.

–En efecto.

–Pues me entran ganas de corromperte –afirmó él frotando la nariz contra su cuello.

–Estás mal de la cabeza –dijo ella soltando una carcajada.

Llegaron al final del trayecto y la noria se detuvo. Él salió primero de la cabina y la agarró de la mano. No se la soltó y se alejaron caminando.

–Es casi la hora de los fuegos artificiales –anunció él.

–Me muero de ganas de verlos.

–La mejor vista se tiene en el extremo del muelle.

–Vamos –ella aceleró el paso, apoyándose en su brazo. Y a él le gustó sentirla tan cerca.

La gente había disminuido según avanzaba la noche. Pasaron por delante de varios yates anclados en el lago. Él le pasó el brazo por los hombros y ella lo hizo por la espalda. Sus muslos se rozaban mientras andaban.

Riley no quería que la noche terminara. Deseaba llevársela a casa con él, hacerle el amor, desde luego, pero también dormir abrazado a ella, hablar con ella durante el desayuno e incuso planear juntos el sábado.

Esos pensamientos le produjeron un sentimiento de culpa. Ella era abierta, espontánea y genuina en tanto que él le ocultaba la información básica sobre sí mismo.

Resuelto a obtener la mejor vista posible de los fuegos, halló un hueco entre la multitud y la empujó hasta la barandilla, donde se colocó frente a ella.

–¿Qué pasa? –preguntó Kalissa, confusa, a pesar de que sonreía.

–Me apellido Ellis.

La sonrisa se esfumó del rostro femenino.

–¿Estás en un programa de protección de testigos?

–No, ¿de dónde se había sacado eso?

–Creí que podías haber testificado contra un delincuente.

–No soy un criminal.

–Has dicho que robaste.

–Etanol en la escuela. Probablemente costara diez dólares.

–Riley Ellis –dijo ella volviendo a sonreír.

Algo se removió en el interior de Riley. La besó larga y profundamente. Le encantaba besarla. Pero estaban rodeados de gente, por lo que se obligó a detenerse.

Abrazándola por detrás, apoyó las manos en la barandilla.

–Te prometí fuegos artificiales.

–Te referías en el cielo, ¿verdad? No a los que me están estallando en el cerebro.

Echaron a andar.

–Ahí están –dijo ella cuando los primeros iluminaron el cielo.

Apresuraron el paso riéndose. Riley buscó una mesa en la terraza de un bar y pidió cerveza y algo de picar. Él ya había visto los fuegos otras veces, pero nunca a Kalissa viéndolos. Los brillantes colores se le reflejaban en el rostro y en sus ojos brillantes. Era mucho más hermosa que el espectáculo que tenía lugar en el cielo.

–¿Te gustan? –preguntó él.

–Son maravillosos.

Ella volvió a mirar el cielo, pero después centró su atención en él.

–¿Quieres saber lo que hice ayer?

–Desde luego –quería saberlo todo de ella.

–Conocí a Darci.

Riley se quedó inmóvil y tardó en responder.

–¿Tu hermana?

–Sí, claro, mi hermana. ¿Quién si no?

Riley sabía que sucedería, e incluso había pensado que sería bueno para él, porque Kalissa podría darle información sobre Shane. Pero eso había sucedido días antes. En aquel momento, no quería que ella se relacionara con los Colborn. Y deseaba seguirla viendo.

Pero las hermanas hablaban. Incluso las que estaban distanciadas acababan hablando. Y cuando Darci y Kalissa lo hicieran, el juego se habría acabado para él. Porque en cuanto Shane supiera que Riley formaba parte de la vida de ella, haría todo lo que estuviera en su mano para volverla contra él.

–¿Y qué tal fue?

–Muy bien. Son estupendos, con los pies en la tierra, mucho más de lo que me esperaba.

–Genial –dijo él al tiempo que ocultaba su expresión dando un trago de cerveza.

Los fuegos artificiales seguían estallando a lo lejos entre las exclamaciones de la multitud. Riley se contuvo para no dar un puñetazo en la mesa.

Kalissa percibió que algo había cambiado. Riley estuvo más callado en el camino de vuelta y no hizo chistes. Condujo directamente a Mosaic Landscaping sin preguntarle si quería que la dejara allí.

Echó el freno de mano y dejó el motor en marcha. Se bajó del coche y fue a abrir la puerta a Kalissa. Le dio la mano para ayudarla a desmontar.

–Gracias –dijo ella deseando que el miedo que sentía desapareciera o que él dijera algo que la tranquilizase–. Me lo he pasado muy bien.

–Yo también –afirmó él con expresión sincera.

–Siento no poder invitarte a que subas. Está Megan y el piso es muy pequeño.

A pesar de la indirecta, él no le propuso ir a otro sitio.

—¿Te pasa algo? —preguntó ella.

—No, todo va bien. Eres estupenda —le colocó un mechón de cabello detrás de la oreja y le puso la mano en la nuca—. Buenas noches, Kalissa —susurró besándola en los labios. Pero el beso no contenía la pasión de los que le había dado en la noria.

Ella lo abrazó por la cintura y él hizo lo mismo con la mano libre. Ella lo besó con mayor profundidad y él la imitó, deslizando las manos hasta las nalgas y apretándola contra sus muslos. Sus lenguas se entrelazaron, y una oleada de deseo recorrió a Kalissa. Dejó volar la imaginación pensando que, si no a su piso, podían ir a un hotel. Riley era poderoso, sexy y viril, y la química entre ellos era evidente.

Él se separó unos centímetros de ella, que esperaba una sugerencia, una solución.

—Buenas noches, Kalissa.

Ella tragó saliva y dejó caer los brazos.

—¿Nos vemos la semana que viene? —preguntó él.

Era evidente que se refería a cuando ella fuera a trabajar a su jardín.

—Desde luego —Kalissa abrió el bolso, buscó las llaves, cruzó la acera y abrió la puerta del portal. Mientras reunía la fuerza para volverse, él se montó en el coche y se marchó.

—¿Kalissa? —Megan la llamó desde el primer piso.

—Ya voy —contestó su amiga mientras se tragaba su desilusión y confusión.

—¿Cómo ha ido? —preguntó Megan bajando un par de escalones.

—Bien —Kalissa comenzó a subir la escalera.
—¿Qué pasa?
—No lo sé.
—¿Se ha portado como un imbécil?
—No, en absoluto.

Entraron en el piso y Kalissa dejó el bolso en la mesa y se dejó caer en el gastado sofá.

—Lo hemos pasado muy bien. Me ha besado en la noria, mientras paseábamos por el muelle y al despedirse.

—Entonces, ¿por qué estás tan desanimada? —preguntó Megan sentándose también en el sofá.

—No ha intentado nada.

—Acabas de decir que te ha besado.

—No ha intentado llevarme a su casa.

—A ver si lo entiendo —apuntó Megan sonriendo—. ¿Estás molesta porque se ha portado como un caballero?

—Es agradable que te lo propongan —Kalissa comenzaba a sentirse violenta.

—Pero te hubieras negado.

—Sí, lo más probable. Pero parecía que yo le gustaba de verdad y, de pronto, esa sensación se ha evaporado y se ha limitado a darme un besito de despedida.

—Tal vez sea un buen tipo.

—Incluso un buen tipo quiere sexo.

—Estás dándole demasiada importancia. ¿Ha dicho que te llamará?

—Me ha dicho que nos veremos en su casa. Y eso será el lunes, o puede que el domingo por la tarde.

–Ah, es verdad. Te vas a quedar a dormir en casa de Darci.

–¿No te parece raro?

–¿Que Darci te haya invitado a pasar la noche en su mansión?

–Está a menos de dos horas de camino.

–Pero no querrás volver aquí el sábado por la noche. No hay nada extraño en que te quedes a pasar la noche en la mansión de tu hermana gemela secreta y multimillonaria. Ya sabes que no hace falta que trabajes el domingo.

–Pero tenemos mucho trabajo –y no quería cargar a Megan con más. Y deseaba ver a Riley. Tenía que hablar con él, mirarlo a los ojos y entender lo que había sucedido entre ellos.

Capítulo Cuatro

El sábado por la tarde, Riley se hallaba sentado en los escalones de la entrada mientras un camión depositaba una carga de tierra en el jardín. Megan apareció, vio a Riley y se dirigió hacia él. Se sentó a su lado.

–¿Qué tal? –preguntó.

–Bien –no era cierto del todo, pero Riley no estaba dispuesto a contarle sus preocupaciones.

Antes, ella le había dicho que Kalissa había pasado la noche en la mansión de los Colborn y, desde entonces, él no había dejado de darle vueltas a una imaginaria conversación entre las dos hermanas en la que Kalissa decía a Darci que había salido con Riley Ellis y Shane se ponía furioso y le exigía que no volviera a verlo.

Tal vez no debiera haberse marchado tan deprisa el viernes por la noche. Kalissa le había lanzado señales inequívocas, que él debiera haber recogido. Debiera haberla llevado a su casa y ver qué sucedía.

Sin embargo, había creído que cuanto más intimara con ella, más probabilidades habría de que le hablara de él a Darci. Pero tal vez había sido una estrategia equivocada y había desperdiciado la única ocasión de intimar con Kalissa.

–¿La estás esperando? –preguntó Megan. Después miró el reloj–. Dijo que llegaría sobre las cuatro.

–¿Has hablado con ella? –preguntó él, nervioso.

–Hace un par de horas.

–¿Y no estaba molesta?

–¿Qué te pasa, Riley?

En ese momento, apareció Kalissa andando hacia ellos.

La reacción inmediata de Riley fue de alivio e inquietud a la vez. Observó su expresión mientras ella se aproximaba. Sonreía, lo cual quería decir que no lo habían descubierto.

Pero ¿cuánto tardarían? Tenía que acercarse a Kalissa y conocerla antes de que explotara la bomba.

–¿Necesitas a Kalissa esta tarde? –preguntó a Megan.

–Hoy, el trabajo está ya casi hecho.

–Entonces, ¿no la necesitas? –insistió él poniéndose de pie.

–¿Por qué lo dices?

–Voy a salir con ella.

–¿Otra vez? ¿Ahora?

–Sí.

–Si ella acepta –dijo Megan al tiempo que se encogía de hombros–. Pero no lo entiendo. Me dijo que al final estuviste algo distante.

–Fue un error –contestó él mirándola a los ojos–. He cambiado de idea.

–Entonces, adelante –dijo ella sonriéndole con complicidad.

—Gracias.

—De nada —respondió Megan alejándose en dirección al camión.

Riley salió al encuentro de Kalissa. Ella le sonrió, insegura. Él la tomó de la mano y la condujo hacia el coche.

—¿Qué haces?

—Nos marchamos.

—No puedo irme —dijo ella tirándole del brazo.

—Claro que puedes. Ya he hablado con Megan. Quiero enseñarte algo.

—¿El qué?

Riley no tenía ni idea. Ya se le ocurriría algo de camino.

—Es una sorpresa —explicó mientras abría el coche—. Sube. Comeremos algo por el camino.

—No puedo dejar a Megan.

—Ya te he dicho que he hablado con ella. Mira —le indicó el otro lado del jardín con la cabeza. Megan sonreía y les decía adiós con la mano.

—¿Qué es todo esto? —preguntó Kalissa.

—No te gustan las sorpresas, ¿verdad?

—No.

Él se estrujó el cerebro buscando una respuesta rápida.

—Conozco un sitio cerca de Lake Forest.

—¿Vamos a ir hasta Lake Forest a comer?

A él le gustaba estar con ella. Le daba igual el sitio al que fueran.

—Solo se tarda una hora. Y hace un día bonito para conducir.

La expresión de Kalissa se suavizó.

–Esperemos que no haya tráfico.

–Sube al coche, Kalissa.

–¿No eres un poco autoritario? –preguntó ella con expresión divertida.

Él le acarició la barbilla.

–Solo cuando te comportas de forma obstinada.

–No soy obstinada.

–Muy bien, sube.

Ella lo hizo.

–Gracias.

–Me pica la curiosidad –afirmó ella cruzando las piernas. Llevaba pantalones negros y una camiseta de cuadros blancos y negros.

A él le gustaron sus sandalias, pero sobre todo le gustaban los dedos de sus pies, sus finos tobillos y sus bronceadas pantorrillas. Desechó tales pensamientos, cerró la puerta y se dirigió a la del conductor.

–Espero que también sea un sitio informal –apuntó ella.

Riley arrancó, metió primera y sacó sus gafas de sol de la guantera.

–Es más agradable que los quioscos de comida del muelle.

–¿Habrá camareros y todo?

–Espero redimirme por lo del otro día.

–Me lo pasé muy bien en el muelle.

–Lo sé. Me refiero a lo que pasó después.

–¿Pasó algo? –preguntó ella volviéndose hacia él y mirándolo directamente.

Él se detuvo ante un semáforo y puso el intermitente para girar a la izquierda.

—No quise presionarte —era verdad, no toda la verdad, pero era cierto.

—Preferirías que te hubiera presionado yo.

—Te prometo que no volverá a pasar.

—No te veo los ojos.

Él se quitó las gafas para dejar clara su intención.

—No volverá a pasar.

—Bueno es saberlo —Kalissa dirigió la mirada al parabrisas—. Está verde.

Era evidente que tardarían más de una hora en llegar. Riley había elegido la ruta panorámica, por lo que fueron por carreteras secundarias que bordeaban el lago.

—¿Qué tal anoche con Darci? —preguntó él.

—¿Cómo sabes que estuve con ella?

—Me lo ha dicho Megan. Dice que fuiste a la mansión.

—¡Qué casa tienen! —exclamo ella sonriendo al recordarla.

—¿Es grande?

—Inmensa.

—Es la que uno puede comprarse cuando se es multimillonario.

—Shane no parece serlo.

Por supuesto que llevaba buena ropa y tenía aquella propiedad, y Kalissa estaba segura de que

Darci había mencionado algo sobre un jet privado. Sin embargo, si uno se lo encontrara en un centro comercial o en la calle, no lo adivinaría.

–¿Cómo que no parece multimillonario? –preguntó Riley en tono escéptico.

–Tiene los pies en la tierra.

–Trata de impresionarte.

–No veo por qué.

–Porque eres la gemela de Darci.

–Parece sincero.

–Lo dudo.

–¿Cómo lo sabes? –preguntó ella, molesta por el comentario–. No lo conoces.

–Lo vi una vez de pasada, hace mucho tiempo. Pero seguro que ha cambiado.

–¿Por qué haces eso?

–¿El qué?

–Ceder apretando los dientes. Si quieres discutir conmigo, hazlo.

–No quiero discutir contigo.

–Es evidente que tienes algo contra Shane. ¿O es que estás celoso de su dinero?

–Solo es otro tipo rico de los muchos que hay en Chicago.

–Pues a mí me da un poco de envidia su dinero –confesó ella. No le interesaba tener una mansión, pero le encantaría devolver el préstamo que habían pedido para la empresa. Y le encantaría tener una bodega como la de Shane.

–Seguro que te da algo.

–Debiera darte un tortazo por decir esas cosas.

–Mientras esté conduciendo, no. Más tarde, si quieres.

–No aceptaría su dinero aunque intentara obligarme. El hecho de que tenga una relación genética con su esposa no me da derecho a reclamar parte de su fortuna. Por eso no quería conocerla, porque sabía que todos pensarían que iba detrás del dinero. Agradezco mucho a Darci y a Shane que no crean que sea una cazafortunas.

–Yo no creo que lo seas.

–Entonces, ¿por qué estamos discutiendo?

–Eres tú quien ha sacado el tema.

–No es verdad.

–Has dicho que te daba envidia su dinero.

Kalissa se dio cuenta de que tenía razón.

–No lo decía en sentido literal.

–De acuerdo.

–Lo decía en sentido teórico, como si fuera una fantasía. ¿A quién no le gustaría tener un dinero extra para gastar?

–Yo no le haría ascos –disminuyó la velocidad, salió de la carretera y se detuvo en un aparcamiento.

–¿Qué haces?

–Tengo sed.

Llevó el coche a una plaza vacía, cerca de una zona verde y arbolada. Había una pequeña playa en uno de los extremos del césped. El viento soplaba con fuerza y las olas rompían en la orilla.

–¿Damos un paseo por la playa?

–¿Has estado repasando lo que hay que hacer en una cita? –preguntó ella sonriendo.

—¿Cómo?

—Dar un largo paseo por la playa es la primera fantasía femenina en una cita. Las mujeres esperamos que nos abráis el corazón mientras, agarrados de la mano, correteamos por la orilla con el cabello al viento, como si estuviéramos rodando un anuncio.

—¿Que correteamos por la orilla? —preguntó él enarcando las cejas.

—Sí.

—No sabía nada de esto.

—¿Te da miedo corretear por la orilla? —preguntó ella con una sonrisita de suficiencia.

—Haré lo que tenga que hacer —respondió él agachándose para desatarse los cordones de las botas.

—Nunca lo he hecho con un viento tan fuerte —apuntó ella al ver que él hablaba en serio.

—No parece que haga tanto.

Ella agarró el bolso, que se hallaba a sus pies, y sacó una goma elástica para recogerse el cabello en una cola de caballo.

—No serán más de sesenta nudos, pero tengo sed.

Mientras él se quitaba las botas, ella se quitó las sandalias y se recogió el cabello.

Bajaron del coche. Por suerte, el viento era cálido. Ella alzó la cabeza y dejó que el sol le acariciara el rostro. Riley la tomó de la mano y cruzaron el césped para dirigirse al quiosco de bebidas.

A mitad de camino, un labrador negro corrió hacia ellos. Dejó un palo a sus pies y movió la cola mientras los miraba con sus ojos castaños. Riley soltó la mano de Kalissa, recogió el palo y lo lanzó con fuerza. Cayó en la arena.

—Qué lejos ha llegado —dijo ella.

—Fui lanzador de béisbol en el instituto.

—¿Eras bueno?

—Bastante, pero los había mejores.

—¿Te echaron del equipo?

—No, tenía mucho que estudiar, así que lo dejé.

—¿A qué universidad fuiste?

—Me quedé en Illinois y estudié en la IIT Armour College.

—Yo me saqué un diploma en una universidad pública, no un título. Tuve que arreglármelas para poder pagármelo yo sola.

El perro volvió con el palo y Riley volvió a lanzarlo.

—¿Te gustan los perros? —preguntó Kalissa.

—Sí.

—¿Tuviste alguno de niño?

—Las mascotas no entraban en las prioridades de mi madre.

—¿Y tu padre? ¿Tienes hermanos?

—Solo éramos mi madre y yo —contestó él mirando al perro mientras recogía el palo.

—Igual que yo, lo cual suele ser habitual cuando se trata de un hijo adoptado.

—¿Te sentías sola? —preguntó él volviendo a agarrarla de la mano.

Kalissa titubeó. No le gustaba hablar del pasado, pero parecía que Riley había tenido una experiencia similar a la suya.

—Mi padre adoptivo murió cuando yo tenía cinco años y mi madre nunca se recuperó de la pérdida. Comenzó a beber mucho, por lo que prácticamente me crie sola.

—Mi madre trabajaba. No le pagaban mucho, por lo que trabajaba muchas horas. Yo también me crie solo.

—¿Cómo pudiste ir a la universidad?

—Tuve la suerte de conseguir una beca.

—Así que saliste ganando al dejar el béisbol.

—Así es.

—Yo no tuve calificaciones suficientemente altas para entrar en una universidad privada —no se estaba compadeciendo de sí misma. Era un hecho.

—No te infravalores. Tu capacidad intelectual le da mil vueltas a mi dinero.

—Lo dudo.

—Yo no fui a esa universidad por ser brillante. Me pasaba el día estudiando. Lo hacía todas las horas que estaba despierto.

—Cuando estaba en el instituto trabajaba los fines de semana y la mayor parte de las tardes —si no lo hubiera hecho, no habrían podido pagar el alquiler. Para entonces, su madre estaba borracha todo el día y el dinero de los servicios sociales no bastaba para cubrir los gastos.

El perro volvió con el palo y Riley volvió a lanzarlo.

—Acabará cansándose —observó—. Si hubieras tenido tiempo de estudiar, habrías obtenido la beca que hubieras querido.

Ella lo dudaba.

–Estoy seguro. ¿Sacabas buenas notas?

–Sí, notables y sobresalientes –se le daba bien estudiar, lo cual la compensaba por el tiempo que tenía que dedicar al trabajo.

–A las pruebas me remito –dijo él–. ¿Quieres un refresco?

Habían llegado al quiosco, que estaba rodeado de una docena de mesas de madera.

–Sí.

Riley pidió las bebidas.

–¿Crees que alguna vez tendrás un perro? –preguntó ella mientras esperaban.

–Algún día. Tal vez cuando la empresa vaya bien y tenga familia.

–¿Quieres tenerla?

–Sí, quiero casarme y tener dos hijos. Quiero crear lo que no tuve de niño.

El joven del quiosco les dio dos vasos de cartón llenos de cola.

–Si necesitas que te diseñen el jardín... –bromeó Kalissa mientras se alejaban.

–Te llamaré antes que a nadie.

–A no ser que tengas la intención de quedarte en la casa en que vives. Va a quedar muy bien, al menos el exterior.

–Tienes que venir a verla por dentro.

¿Tú crees? –preguntó ella mirándolo a los ojos.

–Estoy seguro.

El perro dejó el palo a los pies de Riley al tiempo que a Kalissa le sonaba el móvil.

–Es Megan.

Él volvió a lanzar el palo y le arrebató el móvil de las manos.

–¿Puedes esperar a hablar con ella?

–Devuélvemelo –protestó Kalissa–. ¡Megan! –gritó–. ¡Estoy aquí!

–No te pongas melodramática –le dijo Riley. Después siguió hablando con Megan y sonrió con picardía–. No.

–¿Qué te ha preguntado? –susurró Kalissa.

–¿Tú qué crees?

–Estamos en la playa –volvió a gritar ella.

–¿Qué te parece que Kalissa apague el teléfono durante un rato?

–No voy a apagarlo –aseguró ella.

–Muy bien, gracias –dijo Riley, y finalizó la llamada–. Le parece bien que lo apagues.

–No voy a hacerlo.

–Yo lo haré si tú lo haces.

–No.

–Finjamos que estamos fuera de cobertura.

–¿Como si estuviéramos escalando en el Himalaya?

Él le devolvió el teléfono y sacó el suyo.

–Mira, he apagado el mío –Riley esperó–. Adonde vamos es como escalar el Himalaya, pero habrá platos de porcelana y metre.

–¿Adónde vas a llevarme?

–Apaga el teléfono, Kalissa.

Algo la hacía vacilar, pero no había motivo para negarse.

–Si lo apago, ¿me dirás adónde vamos?
–Por supuesto.
–Dímelo primero.
–¿No te fías de mí?
–No.
–Al Trestle Tree –dijo él después de lanzar un profundo suspiro–. Es un restaurante en un edificio histórico al lado del lago.
–No lo conozco.
–¿Crees que me lo he inventado?
–Lo que creo es que sigo sabiendo lo mismo que hace dos minutos.
–Pero yo he cumplido mi parte del trato.

Ella se dio por vencida y apagó el teléfono.

Capítulo Cinco

—No voy a entrar —dijo Kalissa apoyando una mano en el salpicadero.

—Comí una vez aquí hace un par de años —Riley no la entendía—. El interior es muy bonito.

En opinión de ella, también lo era el exterior. Un edificio histórico de ladrillo, de cuatro plantas, con ventanas en forma de arco y balcones de hierro forjado en la segunda planta, una resplandeciente escalera de hormigón y plantas a ambos lados de la doble puerta de entrada.

—Me refiero a la gente.

—¿Qué le pasa? —preguntó él mirando a un hombre y a dos mujeres que subían la escalera.

—¿Estás ciego? Los vestidos, Riley. Mira qué vestidos llevan. Y ahora, mírame a mí.

—Estás fantástica.

Y lo estaba, con unos pantalones negros que le marcaban la curva de las caderas y un top blanco que realzaba su piel bronceada.

—Llevo vaqueros.

—No son vaqueros.

—Son negros, pero son vaqueros. ¿Y tú?

Él se miró los pantalones. No era una prenda formal, de acuerdo, pero al menos estaba limpia.

–Vamos a otro sitio, a un café o a un sitio de comida para llevar –propuso ella.

–¿Quieres que te lleve a un sitio de comida para llevar?

De ninguna manera. ¿Y si después se lo contaba a Shane? Esa noche quería impresionarla y mostrarle sus mejores cualidades antes de que su hermanastro le enumerara los defectos.

–Podíamos comprar unas hamburguesas y buscar un agradable parque para comérnoslas.

–No. Mira a esos cuatro que llegan ahora por la acera. Van vestidos de modo más informal.

–Sí, mucho más –respondió ella sarcástica.

–¿Y si me cambio? –preguntó él.

–¿Cómo?

Riley señaló una tienda de ropa que había más abajo.

–¿Vas a comprarte ropa nueva? –preguntó ella riéndose al pensar que se trataba de una broma.

–¿Por qué no? Vamos al menos a echar un vistazo –Riley le abrió la puerta del coche.

–Estás loco –apuntó ella, pero se bajó y él la tomó de la mano–. No sé por qué te sigo el juego. Bueno, voy a dejar de quejarme. ¿Qué es lo peor que puede pasarnos?

–Así me gusta –dijo él besándole la mano mientras echaban a andar.

Entraron en la tienda. A un lado había camisas de vestir de caballero, pantalones y chaquetas deportivas; al otro, faldas, chaquetas y blusas clásicas de señora.

—La ropa femenina es algo conservadora, pero vamos a ver qué tienen —susurró él.

—No voy a...

—Si yo me voy a poner elegante, tú tendrás que hacer un esfuerzo.

—¿Qué desean? —preguntó la dependienta acercándose a ellos.

—¿Tienen vestidos? —preguntó Riley.

—Sí, una pequeña colección. Están al fondo. Por aquí.

Riley apenas tardó en encontrar unos pantalones, una camisa y una chaqueta que le estuvieran bien. Dejó las etiquetas y la ropa que había llevado sobre el mostrador y fue a buscar a Kalissa, que, en ese momento, salía del probador con un vestido negro y corto. Le estaba bien porque era ella, pero a Riley le pareció sombrío.

—¿No tiene algo de color? —le preguntó a la dependienta.

—¿No te gusta? —preguntó Kalissa.

—¿Qué te parece este? —Riley le mostró un vaporoso vestido azul con una única hombrera adornada con bisutería.

—No voy a comprarme eso —declaró ella, horrorizada.

—Soy yo quien va a comprarlo, no tú. Pruébatelo.

Kalissa abrió la boca para contestarle, pero él se le adelantó.

—¿Tiene algún otro? Necesita algo bonito porque vamos a una cena muy importante.

–Estás loco.

–Me prometiste que no ibas a quejarte.

–¿Quieres que me quede aquí callada mientras te gastas una fortuna en un vestido que solo me voy a poner una vez?

–Lo vas pillando.

La dependienta sonrió y le puso una mano a Kalissa en el brazo.

–Hay momentos en que hay que callarse y dejar que un hombre se salga con la suya. Este es uno de ellos.

–¿Eso es lo que quieres que haga? –preguntó a Riley mirándolo muy seria.

–Desde luego –replicó él sonriendo. Aunque no fuera Shane, podía comprarle el vestido que ella quisiera–. Elige los accesorios que desees.

Ella puso los ojos en blanco, pero agarró el vestido azul.

–Veré qué más tenemos –añadió la dependienta, muy complacida.

Riley esperó mientras Kalissa se cambiaba. Cuando salió, lanzó un silbido al verle los hombros desnudos, que le encantaron. El vestido le llegaba a medio muslo y realzaba sus piernas desnudas.

–Ese –afirmó él.

La dependienta llegó con otros vestidos.

–¿Ya se han decidido? –preguntó.

–Nos lo llevamos –dijo Riley.

–Tengo unos zapatos plateados. Los negros desentonan –dijo la dependienta.

–No quiero… –comenzó a decir Kalissa.

–Desde luego –apuntó Riley.
–Vuelvo enseguida –anunció la dependienta.
Kalissa hizo un mohín.
–Nada de quejas.
–No he abierto la boca –respondió ella. Se volvió a mirarse en el espejo de tres cuerpos y a él comenzaron a temblarle las piernas. Llevaba la espalda casi al descubierto.

La dependienta volvió con los zapatos y Kalissa se sentó para probárselos. Él se dio cuenta inmediatamente de que eran perfectos, plateados, de tacón alto y con una pequeña correa en torno a los tobillos. Le dieron ganas de olvidarse de la cena y llevársela al dormitorio más próximo.

Ella se levantó y él se puso a su lado frente al espejo. Hacían una pareja perfecta.

–¿Crees que ahora nos dejarán entrar en el restaurante? –preguntó él.
–¿Adónde van? –preguntó la dependienta.
–A The Trestle Tree.
–Entonces, han acertado de pleno.
–Él quería ir en vaqueros –explicó Kalissa.
–La idea de comprarnos ropa ha sido mía –observó Riley.
–Parece que formamos un buen equipo –afirmó Kalissa sonriendo.
–Tú decides la estrategia y yo la puesta en práctica.
–Más o menos.
Y era verdad. Formaban una hermosa pareja y Riley quería que siguieran juntos mucho, mucho tiempo.

***

El viento había cesado y, después de la cena, Kalissa y Riley habían salido a la terraza, que daba al lago. Estaban apoyados en la barandilla, tomando café bajo un cielo estrellado.

Kalissa pensó que, aquella noche, todo estaba siendo el colmo del sibaritismo, empezando por la cena y siguiendo por su nuevo vestido, que le encantaba.

Riley le rozó la espalda con los dedos.

—Ha sido muy agradable —dijo ella—. Gracias por haberme convencido.

—Gracias por haber venido —la besó en la sien.

Fue un simple beso, pero todo su cuerpo reaccionó ante él. Riley la atraía enormemente. Le gustaba su aspecto, su voz, su olor y, sobre todo, su inteligencia y su ingenio. Y se mantenía firme ante los sarcasmos y los retos de ella. La mayoría de los hombres reculaban o se enfadaban.

Cuando era una adolescente, Kalissa había intentado suavizar ese rasgo de su personalidad, ya que tanto su madre como sus amigos le decían que espantaría a los chicos. Pero ya no quería cambiar: deseaba ser fuerte.

Dejó la taza de café en una mesa que había a su lado y apoyó la cabeza en el pecho de Riley. Este también dejó la taza en la mesa.

—No voy a presionarte —dijo él—. No quiero que te sientas incómoda.

—De acuerdo.

—Pero ahí arriba tienen habitaciones. He visto un cartel con una foto al entrar, y parecen muy bonitas.

—¿Me estás proponiendo algo? —el pulso ya se le había acelerado y estaba excitada.

—Esta vez no voy a dejar que seas tú la que lo haga —apuntó él mirándola a los ojos.

—¿La que presione?

—Puedes negarte, pero esta noche voy a insistir.

La besó, y a ella le invadió una oleada de deseo. No quería negarse y no iba a hacerlo. Se moría de ganas de pasar la noche en brazos de Riley.

—Veamos si les queda alguna habitación.

De la mano, entraron de nuevo al restaurante y llegaron al vestíbulo.

—¿Van a registrarse? —preguntó el hombre del mostrador de recepción.

—No tenemos reserva.

—Vamos a ver qué nos queda —respondió el hombre consultando la pantalla del ordenador—. Tenemos una suite con una gran cama, una zona de estar y ventanales que dan al lago.

—De acuerdo —dijo Riley al tiempo que apretaba la mano de Kalissa, a quien el corazón se le había desbocado.

Subieron en un viejo ascensor hasta el cuarto piso. Salieron a un pasillo destartalado y lo recorrieron hasta encontrar su habitación.

—Las habitaciones parecían más bonitas en la foto —afirmó Riley en tono preocupado. Abrió la puerta y encendió la luz. Lo que vieron no los decepcionó.

–Es preciosa –dijo Kalissa conteniendo la respiración al mirar el interior.

Una mullida alfombra se extendía por el suelo. Había un sofá y dos sillones victorianos frente a una chimenea de mármol. En un rincón se hallaba la enorme cama. Había cojines por todas partes. De los seis ventanales colgaban pesadas cortinas y frente a uno de ellos se hallaba situado un banco para mirar el lago.

–Mira –dijo ella abriendo una ventana. Se volvió hacia él y vio que la miraba con expresión apasionada y posesiva.

–¿No quieres examinar la habitación?

–No –respondió él avanzando hacia ella.

–¿Quieres examinar la cama?

–Sí.

Ella pasó a su lado para dirigirse a la cama. Estaba tan llena de almohadas que la colcha quedaba casi oculta. Él la tomó en brazos.

–No sé si con tanta almohada la encontraremos –apuntó ella. Y antes de que se diera cuenta, él la había sentado en el montón de almohadas.

–Ya la he encontrado –afirmó él.

–No creo que pueda moverme en medio de todo esto.

–No tienes que moverte –le acarició la pantorrilla hasta llegar a la correa del zapato–. Me encantan estos zapatos.

–Pues creo que me están haciendo ampollas.

—Pobrecita –le quitó el zapato.
—Qué descanso.

Le quitó el otro. Se arrodilló ante ella y le besó el tobillo.

—¿Mejor?
—Mejor.

Le recorrió la pantorrilla con el pulgar dibujando pequeños círculos, lo cual la excitó. Cuando la mano de él le llegó al muslo, la excitación se convirtió en deseo.

—Riley –dijo con voz entrecortada.

Su mano siguió subiendo hasta llegar a sus nalgas. Con la otra le apartó el cabello de la cara.

—Eres estupenda.
—No estoy haciendo nada.
—Claro que sí.

Ella le puso la mano en el hombro y la deslizó por el brazo, maravillándose de la fuerza y definición de los músculos. Puso la otra mano en la de él, que estaba en su mejilla, y le encantó sentir en su rostro la textura de su piel, su ancha palma y sus fuertes dedos. Giró la cabeza, le besó la palma y se la lamió.

Él gimió y comenzó a besarle el cuello, deslizando sus labios por él hasta llegar al hombro. Ella echó la cabeza hacia atrás, aferrándose a su mano.

Él alzó la cabeza para mirarla a los ojos. La besó en la boca, y la pasión se apoderó de ella, que le rodeó el cuello con los brazos y lo atrajo hacia sí. Mientras él la besaba larga y apasionadamente, le bajó las braguitas y ella se las quitó.

Después le bajó la única hombrera del vestido y le descubrió los senos. A ella se le endurecieron los pezones con sus besos.

Ella le desabotonó la camisa, se la quitó y apretó su piel contra la de él. Riley la abrazó con fuerza y rodó sobre sí, de modo que ella quedó encima, con el cabello cayéndole como una cortina en torno al rostro masculino. Él volvió a besarla en la boca al tiempo que le subía el vestido. Y solo interrumpió el beso para quitárselo por la cabeza.

Ella, desnuda, se sentó a horcajadas sobre él.

—Eres increíble —susurró él al tiempo que le agarraba los senos.

—¿Tienes un preservativo?

—Sí.

Aliviada, le desabotonó los pantalones y le bajó la cremallera. Él la agarró firmemente por las caderas y giró las suyas bajo ella, que pensó que nunca se había sentido tan excitada. Después, él deslizó las manos hacia arriba de sus muslos. Ella gritó cuando ambas se encontraron y agachó la cabeza a causa de la sensación.

Le quitó los pantalones y le puso el preservativo.

—¿Así? —preguntó.

—Como sea —gimió él agarrándola por las caderas y penetrándola.

Llena de energía, ella se balanceó sin parar contra su cuerpo.

—Es maravilloso —farfulló él—. Eres maravillosa.

Ella se inclinó para besarlo y sus lenguas se enredaron. Él le acarició todo el cuerpo hallando lugares secretos que la hicieron retorcerse de placer.

Por fin, él rodó con ella encima para situarla debajo. La embistió con fuerza, cada vez más deprisa.

El mundo desapareció. Todo dejó de existir salvo Riley, su aliento en su oreja, el aroma de su piel, el contacto con su cuerpo mientras la conducía a una cima inimaginable.

Ella gimió al quedarse suspendida ante el abismo durante un largo instante.

–Kalissa –gritó él, vaciándose en su interior.

Ella cayó al abismo en espirales de puro éxtasis.

–Riley –exclamó con voz entrecortada. Sus brazos la agarraron con fuerza y, lentamente, la caída en picado terminó y aterrizó en las almohadas.

Sus corazones latían desbocados. Ambos respiraron hondo. Ella sintió el peso caliente de su cuerpo. Era una sensación muy agradable. Se sentía segura y quería que él se quedara para siempre.

–¡Caramba! –exclamó él apartándole el cabello del rostro.

–No voy a discutírtelo.

–¿Peso mucho? –Riley levantó la cabeza.

–No –contestó ella mirándolo a los ojos–. Me gusta.

Él la besó y volvió a besarla, cada vez más larga y apasionadamente. Le puso la mano en un seno y el pezón se le endureció.

–¿Lo hacemos? –preguntó él con voz estrangulada.

–Sí, claro que sí.

***

Mientras los primeros rayos de sol entraban por la ventana, Riley observó con los ojos entrecerrados que Kalissa, despeinada, se hallaba apoyada en un codo a su lado y lo miraba en silencio.

—¿En qué piensas? —preguntó él.

—¿Te he despertado? —dijo ella con la voz ronca de sueño.

—No. ¿En que piensas?

—Pensaba en que nunca pasa.

—¿Qué es lo que nunca pasa?

—Conoces a un hombre. Es inteligente, con sentido del humor, guapo y, entonces... —sonrió con timidez y se le sonrosaron las mejillas.

—A veces, sí pasa.

—Siempre hay una trampa.

—En este caso, la trampa es que me estoy enamorando de ti —afirmó él poniéndole la mano en la cadera.

Estaba empezando a quererla con demasiada rapidez, pero la iba a decepcionar. No había vuelta de hoja.

Sin embargo, no en ese momento, no ese día. Todavía había tiempo antes de que irrumpiera la realidad.

—Se nos hace tarde —dijo ella mirando el reloj de la mesilla—. Voy a llegar tarde a trabajar —miró con añoranza la habitación—. Voy a llegar tarde a la vida real.

–La vida real está sobrevalorada –apuntó él pasándole el brazo por debajo, dispuesto a que no se moviera.

–Puede, pero la mía me espera –se sentó en la cama, ofreciéndole una preciosa vista de perfil de sus senos y su estómago–. No puedo dejar sola a Megan.

Él se sentó a su vez, mientras buscaba las palabras que la hicieran cambiar de opinión. Vio el móvil de ella en la mesilla, lo agarró, abrió los contactos y buscó a Megan. La llamó.

Kalissa lo miró, confusa.

–Hola –dijo Megan–. ¿Qué tal?

–Soy Riley.

El tono de Megan inmediatamente cambió.

–¿Qué pasa?

–No pasa nada. Kalissa está aquí.

–¿Con quién hablas? –preguntó esta.

–¿Dónde es aquí? –preguntó Megan.

–En Lake Forest.

–Oye, ese teléfono es mío –afirmó Kalissa.

–Salúdala de mi parte –dijo Megan.

–Saludos de Megan.

–Devuélvemelo –Kalissa se lanzó hacia Riley, pero este se apartó de la cama y la sujetó por el hombro para que no se le acercara.

–Quería que se quedara conmigo un poco más –dijo Riley a Megan.

–Me voy a duchar y voy para allá –gritó Kalissa para que su amiga la oyera.

–¿Va a ducharse? –preguntó esta.

—No —Riley titubeó—. Acabo de entrar a despertarla.

—¡Por favor! —exclamó Kalissa—. No se lo va a tragar. Dame el teléfono.

—¿La necesitas inmediatamente? —preguntó Riley.

—Dile que se divierta —contestó Megan.

—Que me lo des —le exigió Kalissa al tiempo que le golpeaba la mano que tenía en su hombro y trataba de no sonreír.

—Megan desea que te diviertas.

—Será mejor que me dejes hablar con ella —apuntó Megan.

—De acuerdo —Riley le pasó el móvil a Kalissa al tiempo que la atraía hacia sí, a lo que ella no se negó.

—Hola, Megan. No, es una locura. Vamos a volver inmediatamente.

—Dile que te llevaré a casa esta noche.

—Ya te oye.

—¿Está de acuerdo?

—No tienes que convencerla a ella.

Él le quitó el teléfono.

—¿Me necesitáis para esta conversación? —preguntó Megan.

—Sí —respondió Kalissa.

—No —replicó Riley.

—Tómate el día libre —dijo Megan riéndose—. Lo tienes más que merecido.

—Igual que tú.

—Yo me tomaré otro más adelante.

–De acuerdo –Kalissa capituló.

–Gracias, Megan –gritó él.

–No puedes quedártela para siempre –advirtió Megan.

–Hasta esta noche –respondió él al tiempo que le quitaba el móvil a Kalissa, a lo que ella no se resistió. Al contemplar su blanca piel, su precioso cabello y sus labios carnosos, Riley pensó que estaría bien quedarse con ella para siempre.

Capítulo Seis

En un mercado al aire libre, en un barrio histórico de Lake Forest, hallaron unas espectaculares estatuas de metal que Kalissa pensó que irían muy bien en el jardín de Riley. Él las compró y, en aquel momento, las estaban llevando al coche.

El móvil de él sonó y Riley se miró el bolsillo de los pantalones.

–¿Me dices quién es? –pidió a Kalissa mientras se cambiaba las esculturas de lado.

Ella le sacó el teléfono del bolsillo.

–Wade Cormack.

–Será mejor que conteste –dijo él suspirando. Miró a su alrededor y vio un banco bajo un árbol–. Es mi socio. Dile que espere, por favor.

–Muy bien –Kalissa presionó la tecla de respuesta–. Este es el teléfono de Riley Ellis –dijo mientras lo seguía hasta el banco.

–¿Y usted quién es? –la voz del hombre era suave y profesional.

–Soy Kalissa Smith. Ahora mismo se pone él.

–¿Es usted su nueva secretaria?

–Algo así. Me ha contratado.

Riley dejó las esculturas y dirigió a Kalissa una mirada confusa.

—¿Con qué clase de contrato?

—El señor Ellis ya puede ponerse —contestó ella, al tiempo que le entregaba el teléfono y sonreía.

Riley escuchó a Wade durante unos segundos.

—No es asunto tuyo quién es ella.

Kalissa rio mientras se sentaba en el banco con las esculturas. ¿Su jardinera? ¿Su amiga? ¿Su aventura de una noche? Todas eran verdad.

—No, desde luego que no —Riley elevó la voz. Miró a Kalissa y se alejó unos pasos. Ella intentó no oírlo, pero la voz llegaba hasta donde estaba.

—¿Cómo te has enterado? ¡Qué desastre!

Kalissa pensó que lo que hubiera sucedido no eran buenas noticias y que su día de asueto estaba a punto de acabar.

—En cuanto pueda —aseguró Riley—. ¿Tal vez en algún lugar de Europa? —asintió con la cabeza—. Lo sé. Eso también lo habrá pensado él. ¡Maldita sea!

Kalissa se debatía entre la curiosidad y la compasión.

—Ya te lo comunicaré —dijo Riley, que dio media vuelta mientras se metía el móvil en el bolsillo.

—¿Tenemos que volver? —preguntó Kalissa levantándose—. ¿Tienes prisa?

—No —contestó él volviendo a agarrar las esculturas.

—No pasa nada si tienes que volver. Yo debería…

—Hay un tipo que compite conmigo —explicó él mientras iniciaban el camino de vuelta—. A toda prisa, ha pagado una prima para poder comprar todas las reservas de una pieza concreta, que no necesita para nada, a tres proveedores distintos. Así que estos están rechazando mis pedidos.

–¿Por qué lo ha hecho?

–Para cerrar la línea de montaje y destruir mi empresa.

–Es horrible.

–Es un hombre muy competitivo.

–Más bien parece un auténtico imbécil.

Riley apretó las mandíbulas y caminaron en silencio durante unos segundos.

–¿Qué vas a hacer? –preguntó ella al fin.

–Buscar a otro proveedor de esa pieza.

–¿No puedes hacer nada contra él? ¿Llevarlo a los tribunales? ¿No es ilegal lo que ha hecho?

–No es ilegal, sino despiadado e inteligente.

–¿Inteligente?

–Brillante, en realidad.

–¿Quién es ese hombre?

–Nadie importante. Nadie que deba preocuparte.

–Si puede arruinar tu empresa… –¿cómo no iba a ser importante?

–Si un competidor puede arruinarla con tanta facilidad, no merezco tener éxito.

–¿Lo dices en serio?

–Totalmente. ¿Qué harías tú si otra empresa de jardinería comprase todos los setos de boj?

–Los sustituiría por aligustres.

–¿Y si no pudieras hacerlo? ¿Y si todos tus clientes te exigieran que pusieras un seto de boj en su jardín?

–Los pediría a otro estado.
–¿Y si no los hubiera en ningún otro?
Ella reflexionó durante unos segundos.
–Bueno, tardaría un tiempo, pero montaría un vivero y los cultivaría yo misma –Kalissa tardó unos segundos en darse cuenta de que Riley se había detenido. Se volvió hacia él.
–¿Qué pasa?
–Los cultivarías tú –afirmó él con expresión calculadora.
–Tardaría un tiempo, suponiendo que pudiera conseguir semillas.
–Yo puedo conseguir semillas.
Ella se preguntó si había dejado de entender la metáfora.
–No estamos hablando de setos, ¿verdad?
–No.
–Seguimos hablando de ti. Y las semillas no son semillas en sentido literal.
–No –respondió él retomando la marcha.
–Entonces, ¿qué son?
–Una aleación de titanio.
–Exactamente, ¿a qué te dedicas, Riley?
–No es tan complicado como parece. Se trata de un tipo de metal. Podemos contratar a alguien para fabricar las piezas. Será caro y llevará tiempo, pero no es imposible –habían llegado al coche. Abrió el portaequipajes y metió las esculturas.
–¿Tienes que volver al trabajo? –era evidente que tenía problemas que resolver.
–Tenemos tiempo –cerró el portaequipajes–.

Quería comprarte un cuadro o un jarrón, o tal vez unos pendientes.

—No puedes comprarme joyas en la segunda cita.

—¿Por qué no? —preguntó él acercándose a ella.

—Es demasiado... demasiado... —Kalissa buscó la palabra adecuada— personal.

Él la tomó de la mano y la atrajo hacia sí.

—¿Demasiado personal? —preguntó bajando la voz—. Anoche estuviste conmigo, ¿no?

—No es lo mismo.

—¿La intimidad física no es igual que la emocional?

—No.

—De acuerdo —dijo él sonriendo de una manera que a ella le pareció tolerante.

—Te acepto un jarrón.

—Muy bien, a menos que te enamores de unos pendientes —apuntó él apretándola contra sí.

Su contacto despertó en ella recuerdos de la noche anterior y reavivó su deseo.

—No lo haré.

—Nunca digas nunca jamás —Riley sonrió con calidez.

Ella cerró los ojos y entreabrió los labios para que la besara. Y él no la decepcionó. Lo hizo con pasión, abrazándola estrechamente. Ella deseó que no estuvieran en la calle, sino en el hotel, y que la noche anterior comenzara de nuevo.

***

Riley hablaba con Ashton. Estaban sentados a una mesa en The Copper Tavern.

–Podemos fabricar el soporte de montaje del motor, pero será difícil –dijo Riley–. Es una pieza estructural, por lo que necesitaremos permisos y certificados. Y si Shane vuelve a hacer algo así, nos hundirá.

–¿No puedes detenerlo? –preguntó Ashton mientras la camarera les servía dos jarras de cerveza.

¿No puedes contraatacar? ¿Comprar todo lo que haya en el mercado de algo que necesite?

–Tiene mucho más dinero que yo –afirmó Riley.

Estaba enfadado con Shane, pero, a regañadientes, admiraba su juego. Ahora le tocaba jugar a él.

–¿Y la chica? –preguntó Ashton.

–¿Qué chica?

–La gemela. ¿No puedes utilizarla contra Shane?

–¿Te refieres a Kalissa?

–Sí.

–No voy a meterla en esto –no era un peón en su juego.

–No lo entiendo. Creí que por eso salías con ella.

–Pues no es así.

–Entonces, ¿por qué sales con la cuñada de tu hermanastro?

–Me gusta.

–Claro. Ya he visto fotos suyas. ¿Cómo no va a gustarte?

–Lo digo en serio. Y no voy a utilizarla contra Shane.

–No puedes enamorarte de la hermana de Darci –observó Ashton con expresión confusa.

–No me estoy enamorando –mintió Riley–. Hemos salido un par de veces.

–¿Y habéis…?

–No es asunto tuyo.

–¡Fantástico! –exclamó Ashton alzando las manos–. ¿Te acuestas con ella y no quieres que lo sepa?

–No es asunto…

–Vale, vale, lo he entendido. ¿Desde cuándo eres tan discreto sobre tu vida sexual.

Nunca la había mantenido en secreto para Ashton, ya que nunca le había importado mucho, pues se trataba de pasarlo bien. Dio un trago de cerveza y pensó que necesitaba algo más fuerte.

–No creerás que va a funcionar, ¿verdad? –preguntó su amigo.

–No espero que funcione porque sé exactamente lo que va a pasar. En cuanto Shane le oiga decir mi nombre, comenzará a hablarle mal de mí y Kalissa me dejará.

–Al menos no te sorprenderá –apuntó Ashton al tiempo que asentía.

–No, no será una sorpresa y podré soportarlo.

–No me lo creo.

–No me extraña, estoy mintiendo –Riley hizo señas a la camarera para pedirle dos whiskys.

–¿Me estás mintiendo o te estás mintiendo?

–Las dos cosas. Me he pasado media noche intentando hallar el modo en que esto no me estalle en la cara. ¿Por qué no puedo tener la posibilidad de que funcione? ¿Por qué es automáticamente imposible que esa preciosa mujer, inteligente y encantadora, sea mía?

–¿Tengo que responderte?

–No, necesito un plan.

–Eso es mucho más difícil que darte una respuesta.

La camarera les llevó dos chupitos de whisky.

–Tienes que decírselo a ella –afirmó Ashton.

–Lo sé –era lo único del plan que Riley tenía claro.

–Antes de que se lo diga Shane.

–No sabe que nos vemos, pero se enterará. Pensaba contárselo después de la próxima cita. Todas las veces que hemos salido han sido estupendas.

–Razón de más para que seas sincero.

–Necesito una cita más. Si me conoce mejor, tendrá cierta perspectiva y tal vez ponga en duda algunos de los defectos que Shane me atribuirá.

–¡Que cinismo el tuyo! –exclamó Ashton riéndose.

–Yo lo llamaría realismo.

–Ojalá pudiera quedarme a ayudarte.

Sus palabras sorprendieron a Riley.

–¿Te marchas a algún sitio?

–He aceptado un trabajo de salvamento en Alaska.

–¿Qué?

–Tengo que alejarme un tiempo.

–¿De qué? ¿Del sol y la civilización?

—Ya te he hablado de Jennifer.

—¿La que era compañera de piso de Darci?

—Necesito aclararme.

—Me dijiste que habíais roto.

—Me dejó ella.

—¿Y?

Ashton salía con varias chicas cada mes. Unas veces las dejaba él y otras lo dejaban ellas.

—No veo la relación con Alaska.

—Sigo queriendo llamarla —Ashton hizo señas a la camarera para que les llevara más whisky.

—Pues llámala.

—Me dejó muy claro que no lo hiciera la última vez que hablamos.

—Así que quieres olvidarla. Dudo que en Alaska haya muchas mujeres que te ayuden. Inténtalo en California.

—Ojalá fuera tan fácil. No quiero estar con otra. No he estado con ninguna desde que lo dejamos, hace cinco meses.

—¿Cómo? —Riley lo miró con asombro.

—Necesito aclararme las ideas. Jennifer es estupenda, y punto. Y yo lo eché todo a perder. Tengo que quitármela de la cabeza antes de poder seguir adelante.

La camarera les llevó los chupitos.

—¿Por qué no me habías dicho nada? —Riley pensaba que podía haberlo ayudado.

—Creí que podría librarme de su recuerdo. Y voy a hacerlo, pero no aquí, en Chicago.

—¿Puedo hacer algo? —preguntó Riley.

Ashton alzó el vaso de whisky para brindar y su amigo lo imitó. Se lo bebieron de un trago.

–No te enamores de Kalissa. No acabará bien.

–Entendido –pero Riley sabía que ese tren ya lo había perdido.

–Cuéntale la verdad ya. No esperes. Tiene que confiar en ti. Si Shane habla con ella antes de que lo hagas tú, será tarde.

El martes, Kalissa se quedó en el jardín de Riley después de acabar de trabajar, pero eran las ocho y él aún no había llegado. Ella quiso creer que se debía a sus problemas en la empresa, pero sospechaba que la tardanza era intencionada para no verla.

El miércoles tuvo que ir a trabajar a otro sitio. Pensó en buscar una excusa para volver a casa de Riley, pero la razón prevaleció sobre sus sentimientos. No iba a perseguirlo como si estuvieran en el instituto.

Pasó el día en Oak Park, una casa de estilo tudor con un jardín delantero muy moderno y un jardín trasero de estilo inglés tradicional. Estaba trabajando en el segundo cuando oyó que alguien la llamaba desde la verja. Reconoció la voz de su hermana, se quitó los guantes, muy contenta por la sorpresa.

–Hola, Darci. ¿Qué haces aquí? –gritó.

–Ahora mismo, buscarte.

–Hay mucha maleza aquí. Sigue el sonido de mi voz. ¿Ves el estanque?

–Sí, ya estoy en él.

–Toma el sendero de la derecha. Voy a tu encuentro.

–De acuerdo. Shane –gritó Darci–, ve a la derecha desde el estanque.

–¿Qué estanque? –la voz de Shane le llegó a Kalissa desde más lejos.

Se encontró con su hermana bajo una pérgola cubierta de parras que las protegía del sol.

–Esto es increíble –afirmó Darci mirando a su alrededor–. Quiero un jardín igual.

–Tal vez por tu cumpleaños –apuntó Shane al tiempo que se reunía con ellas–. ¿Nos podrías diseñar uno igual? –preguntó a Kalissa.

–Desde luego . Dime exactamente en qué parte de vuestra propiedad lo quieres.

–Donde te parezca.

–Hazlo, Kalissa –rogó su hermana–. Tendrías que remodelarlo todo.

–Tardaría años –contestó Kalissa riéndose.

–Es buena idea –apuntó Shane–. Lo digo en serio.

–Sería un trabajo a tiempo completo.

–Y para más de una persona –observó Shane–. ¿Qué crees que le parecería a Megan?

–No hablas en serio –dijo Kalissa.

–Piensa, además, que no tendrías que preocuparte de hacerte publicidad, hallar nuevos clientes ni tratar con gente difícil.

–¿No vas a venir en tu caballo blanco a salvarme de la pobreza?

–¿Estás en una situación de pobreza? –intervino Shane.

–Estoy exagerando –aunque, comparado con ellos, era pobre, sin lugar a dudas. No les había dicho que Megan y ella vivían encima de la tienda por miedo a que se sintieran obligados a salvarla de aquella situación.

–Piénsalo –dijo Shane–. La oferta sigue en pie.

–Lo pensaré –mintió ella.

–No va a pensarlo –aseguró Shane a Darci–. Es orgullosa, pero no la culpo por ello.

–Tengo que dirigir mi propia vida –afirmó Kalissa.

–Lo entiendo –dijo Shane–. Y te admiro por ello. Pero, en cierto modo, es ridículo.

–¿Es ridículo que me gane la vida?

–Eres hermana de Darci, hija de Ian, y este...

–Shane –dijo Darci con inusitada brusquedad–. Eso puede esperar.

–Sí, puede esperar. Disculpa, Kalissa. ¿Por qué no nos cuentas qué estás haciendo aquí?

Kalissa sabía que no habían ido a verla para hablar de su trabajo de jardinera.

–¿Qué pasa? –preguntó a su hermana.

–Quiero que me hables del jardín.

–No quieres.

–Claro que quiero.

–Parecéis dos niñas de ocho años –observó Shane conteniendo la risa.

–Cuéntame lo que estás haciendo –pidió a Kalissa.

–Tendremos que cortar buena parte de lo que veis y restaurar el trabajo en madera. Vamos a ampliar el estanque y a crear una pequeña cascada y... –vio que alguien se acercaba e hizo visera con la mano para ver mejor–. ¿Riley? –se sintió inmensamente contenta al verlo.

–Hola, Kalissa. Megan me ha dicho que estabas aquí.

Shane se volvió.

–¿Ellis? –su tono era de incredulidad.

Riley se quedó petrificado y miró fijamente a Shane.

–¿Qué haces aquí? –preguntó este.

–¿Os conocéis? –preguntó Kalissa.

–Sí, lo conozco –afirmó Shane–. Es el dueño de Ellis Aviation y una espina que tengo clavada.

–Tengo que hablar contigo, Kalissa –dijo Riley.

–¿Qué pasa? –preguntó Kalissa a Darci al ver su tensa expresión.

–No es un buen hombre –respondió esta, muy alterada.

–Está en la competencia. ¿De qué lo conoces? –preguntó Shane con ira.

Kalissa retrocedió ante su tono de voz.

–Nos conocimos hace dos semanas.

–Por causalidad –intervino Riley.

–Seguro –dijo Shane mientras se situaba entre Kalissa y Riley.

–Tenemos que hablar –insistió Riley.

–Me parece que no vas a hablar con ella –aseguró su hermanastro.

–Los conocías –afirmó Kalissa sintiéndose traicionada.

–No como crees.

–¿Cómo, entonces? –no era de extrañar que Shane estuviera enfadado. Riley había jugado con ella y ella no se había dado cuenta. Había salido con él. Se había acostado con él.

–¿Qué le has dicho? –preguntó Shane a Kalissa.

¿Qué iba a haberle dicho ella? No sabía nada.

–Déjala en paz –exigió Riley.

–¿Que yo la deje en paz?

–No es culpa suya –dijo Riley.

–¿Qué estás tramando? –preguntó Shane tratando de controlarse.

Kalissa comenzó a temblar. No podía oír aquello. No soportaría saber que había comprometido a Darci y a Shane.

–¿Quieres irte? –le susurró Darci al oído. Ella asintió–. Vámonos.

–No te vayas –le rogó Darci.

–¿Quién eres? –consiguió decir Kalissa–. ¿Por qué me has hecho esto?

–He venido a contarte la verdad.

–¿Y esperas que me lo crea? –no iba a seguir siendo una ingenua.

–No hables con ella –ordenó Shane–. Habla conmigo.

Riley lo fulminó con la mirada.

Darci tomó del brazo a su hermana y la empujó para salir de allí. Esta la siguió voluntariamente.

Capítulo Siete

Riley intentó seguir a Kalissa, pero Shane se interpuso en su camino.

–No hables con ella. No se te ocurra tocarla ni volver a acercarte a ella.

–Apártate –lo amenazó Riley, tentado de pegarle.

–No, apártate tú, hijo de perra.

Riley se enfureció. Se acercó a Shane hasta situarse a unos centímetros de su rostro.

–¿Te has vuelto loco? Mi madre era una mujer muy dulce, muy amable y muy trabajadora. Me importa un pito lo que me digas o lo que digas sobre mí, pero no te atrevas a…

–Solo es una forma de hablar –Shane retrocedió, sorprendido.

–Seguro –afirmó Riley con desdén–. Solo es una forma de hablar que no tiene nada que ver contigo ni conmigo –no debiera sorprenderle que Shane fingiera ignorancia sobre la relación entre ambos. Era lo que siempre había hecho.

–Kalissa es lo que tiene que ver contigo y conmigo –dijo Shane con voz dura.

–No me ha dicho nada. No ha hecho falta, ya que tus maniobras te han delatado.

–¿Mis maniobras? ¿Qué maniobras?

–El soporte de montaje del motor.

–¿El qué?

–¿Vas a mentir también sobre eso? Al menos, sé un hombre y reconócelo.

–Eres tú quien ha intentado ofrecer un puesto a mis empleados –afirmó Shane, que parecía confuso.

–Lo hice sin ocultarlo.

–Y fracasaste.

–Conseguí a dos.

–No son los mejores.

–Aún no.

–¿Sigues tratando de hundirme?

–Eres tú quien lo intenta. Has comprado todos los soportes a todos los proveedores.

–No he sido yo –respondió Shane. Parecía sincero–. ¿Por qué iba a mentirte?

–Es lo que intento adivinar.

–Aléjate de Kalissa –insistió Shane lanzando un suspiro–. No tiene nada que ver con esto.

–Claro que no, pero no voy a apartarme de ella.

–¿Buscas pelea? –preguntó Shane en tono airado.

Riley no iba a marcharse con el rabo entre las piernas y a alejarse de lo que deseaba porque su hermanastro se lo exigiese. Esa vez no iba a hacerlo.

–Puedo protegerla –dijo Shane.

–No tienes que protegerla. Al menos, no de mí. No voy a hacerle daño.

–Ya se lo has hecho.

–¡Ojalá no fuera así! No era mi intención. Cuando te ataco, Shane, lo hago de frente, sin esconderme detrás de una mujer.

—Pues es lo que has hecho.

—Estaba intentando hallar la forma de decírselo.

—¿Que conspirabas contra su familia? Sí, me parece que es un tema difícil de plantear.

Riley había intentado encontrar el modo de decirle que Shane era su hermano y que había una causa que explicaba su enfrentamiento. ¿Qué le pasaba a Shane? ¿Creía que él, Riley, iba a difamar a su padre o a pedirle parte de la herencia?

—No tiene sentido que sigamos hablando —dijo disponiéndose a marcharse. Dio unos pasos.

—¿Estaba funcionando? —preguntó Shane.

Riley se detuvo.

—¿El qué?

—Tu relación con ella.

—Le gusto —contestó Riley volviéndose hacia él.

—Como le hagas daño, te aniquilaré —afirmó Shane con el ceño fruncido.

—Ya lo estás intentando, pero el problema lo tengo contigo. No voy a utilizar a Kalissa.

Riley se marchó. Salió a la calle, llegó al coche, se montó y lo cerró de un portazo. En cuanto arrancó, comenzó a acelerar hasta que tuvo que frenar ante un semáforo. Dio un manotazo al volante.

No dudaba que Shane protegería a Kalissa. Disponía de recursos para elevar un muro impenetrable en torno a ella. Tenía que hablar con Kalissa, convencerla de que entre ellos existía algo real, a pesar de que no le había contado lo de Shane. Pero no lo había hecho porque quería esperar a que se conocieran mejor. Solo necesitaba y deseaba una oportunidad para oír la voz de ella, sentir el tacto sedoso de su piel y probar la dulzura de sus labios una y otra vez.

El conductor del coche situado detrás de él tocó la bocina, y Riley arrancó a toda velocidad.

Kalissa no tenía la intención de derrumbarse.

–No es para tanto –le dijo a Darci. Estaban sentadas en el jardín de un restaurante y habían pedido té. El lugar era muy tranquilo, con música de flauta, una fuente que borboteaba y decenas de tiestos llenos de flores.

–Solo hace dos semanas que nos conocemos –añadió. Como Darci no decía nada, Kalissa reconoció su táctica. Era la que ella empleaba cuando un amigo estaba disgustado: dejarle hablar y aclararse antes de ofrecerle consejo.

–Sé lo que estás haciendo.

–¿El qué? –preguntó Darci sonriendo.

–Estás dejándome hablar para aclararme.

–¿Eso es malo?

–No, pero me resulta raro porque es lo que hago yo con otros.

–¿Vuestra relación iba a algún sitio?

–No, ojalá. Me parecía un tipo estupendo. Fue extraña la forma de conocernos, ya que él pensó que yo era tú y me acusó de estarlo espiando. Supongo que no me pregunté por el significado de ese hecho cuando él empezó a gustarme. Me dije que probablemente te hubiera visto en los medios de comunicación, pues me aseguró que no te conocía.

–No me conoce.

–Pero conoce a Shane.

–Yo no diría tanto. Compite con él, pero no creo que se conocieran en persona.

–Entonces, no mentía. Al menos, sobre eso.

La camarera les llevó té con pastas.

–¿Te ha mentido en otras cosas? –preguntó Darci mientras echaba azúcar al té.

–No tengo forma de saberlo. Me sentía inmersa en un torbellino. Creí que... Me resulta muy violento hablar de ello.

–Somos hermanas –afirmó Darci agarrándola de la mano.

–Lo sé –Kalissa se tranquilizó un poco–, aunque no sé cómo serlo.

–Los iremos descubriendo con el tiempo –le aseguró Darci sonriendo.

Kalissa respiró hondo al tiempo que giraba la taza en el platillo.

–Creí que por fin sabía lo que era enamorarse. Bueno, ya lo he dicho. Me siento como una idiota.

–Lo siento mucho –dijo Darci.

–No es culpa tuya.

–Pero siento que la relación de Shane con Riley haya estropeado las cosas.

–Ya lo estaban desde el principio. Riley se fijó en mí exclusivamente por Shane.

–No me lo creo. Se me hace raro elogiar a alguien que es exactamente igual que yo –apuntó

Darci riéndose–. Iba a decirte que eres muy guapa, pero eso sería como decírmelo a mí misma.

–Es que lo eres.

–Es lo que opina Shane, así que está de nuestra parte.

–Leí una vez que era el soltero más codiciado de Chicago.

–Y nos ha elegido.

–Te ha elegido a ti –Kalissa se puso seria–. No estarán peleándose, ¿verdad?

–Puede ser.

–Me refiero con los puños. Parecían muy enfadados. Tal vez no debiéramos habernos marchado.

–No te preocupes. ¿Quién quieres que gane?

«Riley», pensó Kalissa.

Cerró los ojos. Lo echaba de menos. Llevaba echándolo de menos desde el momento en que la había dejado el lunes por la noche. Se había puesto muy contenta al verle esa tarde y se había imaginado que la estrecharía entre sus brazos.

–Me he acostado con él. En Lake Forest. Cenamos en un pintoresco hotel. Pedimos una habitación. Fue fantástico, el mejor sexo de mi vida.

–¡Vaya! –una sonrisa se dibujó en los labios de Darci–. Me gusta esto de ser hermanas –después se puso seria–. Quiero decir que lo siento.

–Normalmente no lo hago tan deprisa –gimió Kalissa.

–Bueno es saberlo, aunque, en realidad, me da igual. Yo me acosté con Shane mientras lo espiaba, lo cual no es precisamente digno de admiración.

–¿Espiaste a Shane?

–Es una larga historia. Ya te la contaré –Darci mordió una pasta.

–Gracias por estar aquí y escucharme.

–Lamento que Riley te haya hecho sufrir.

–Lo superaré. Me sedujo con facilidad. Me tragué todo lo que me dijo.

–No esperabas que te mintiera.

–Supongo que no. ¿Creyó que tenía información privilegiada sobre Colborn Aerospace?

–Podías haberla tenido. Probablemente la acabarás teniendo.

–No, no quiero que me cuentes nada de la empresa de Shane.

–Ya veremos –respondió su hermana.

–¿Crees que Riley quería información sobre algo en concreto?

–Ha estado vendiendo más barato que Shane para ganar contratos internacionales y ha intentado quitarle a empleados brillantes ofreciéndoles un puesto en su empresa.

–No parecía una persona solapada –Kalissa bebió un sorbo de té, que ya estaba tibio–. Pero supongo que se mostró como quería que le viera: un tipo inofensivo y digno de fiar. Tardó mucho en decirme su apellido. Durante un tiempo creí que estaba en un programa de protección de testigos. Pero en realidad, estaba conspirando contra Shane. Y me habló de su empresa rebajando su importancia, diciéndome que era pequeña, no como la de Shane.

–Es mucho más pequeña que Colborn Aerospace –explicó Darci.

–Es ambicioso –Kalissa pensó que estaría celoso del éxito de Shane.

–Es despiadado y maquinador –observó Darci, y Kalissa estuvo de acuerdo.

Sin embargo, también era sexy e ingenioso, inteligente y encantador. Pero debía olvidarse de esas cualidades. Si no lo hacía, no conseguiría olvidarse de él.

A Riley no le hacía gracia la idea de abordar a Kalissa en la calle, pero no podía arriesgarse a esperar al día siguiente. Shane le pondría protección inmediatamente, incluso le propondría que se fuera a vivir a su casa.

Estaba seguro de que ella no volvería a ir a trabajar a su jardín. Suponía que este se quedaría a medio hacer. Así que estaba esperándola en la esquina del almacén, debajo de un toldo, para protegerse de la llovizna. Megan había entrado una hora antes y había llegado andando. La camioneta no estaba aparcada en la calle, por lo que Riley esperaba que Kalissa acabara por aparecer en ella.

No sabía con certeza lo que le diría. Se disculparía, eso seguro, pero tendría que convencerla de que le diera otra oportunidad. Sabía que tenía pocas posibilidades de conseguirlo, pero tenía que intentarlo.

Apareció una camioneta con las luces delanteras encendidas. Aparcó en un hueco de la calle y de ella se bajó Kalissa, que se echó un gran bolso al hombro y cruzó la calle esquivando los charcos.

—¿Kalissa? —Riley quería que oyera su voz y supiera que era él antes de ver a un hombre acechando en la sombra.

Ella se detuvo antes de llegar a la acera.

—Soy yo, Riley.

—¿Qué haces aquí?

—Debo hablar contigo.

—No tengo nada que decirte.

Por favor, escúchame.

—No —respondió ella echando a andar hacia delante con decisión.

—Kalissa…

—¿Qué? —ella se detuvo a su lado—. ¿Vas a contarme más mentiras?

—Quiero explicarme.

—Va a dar igual, porque no me fío de ti.

—Lo entiendo.

—¡Qué magnánimo eres al comprender que no confíe en un imbécil mentiroso que me sedujo para llevarme a la cama! —exclamó ella en tono sarcástico.

—No…

—Vamos, Riley. ¿También vas a decirme que no tuvimos sexo?

—Me refería a que no te seduje.

—Tienes razón. Fui por mi propia voluntad. ¿Qué quieres decirme?

—Que lo siento.

—¿Haberte acostado conmigo?

—No, lo haría mil veces más —Riley sabía que sus palabras no eran las adecuadas, pero no podía parar—. Quería haberte hablado de Ellis Aviation, de Shane, de todo.

—¿Y qué te lo impedía?

—Sabía que me dejarías.

—Claro que lo hubiera hecho.

—Y no quería que lo hicieras. Significabas mucho para mí. Significas mucho para mí.

—No significo nada en absoluto.

La ligera lluvia le empapaba el cabello y le hacía brillar las mejillas. Él intentó agarrarle la mano, pero ella la escondió detrás de sí.

—Si no significaras nada para mí, no estaría aquí. Piénsalo, Kalissa. Estoy desenmascarado. En el terreno laboral, estoy hundido. Solo hay un motivo de que esté aquí.

Ella pareció reflexionar sobre sus palabras durante unos segundos.

—Que no sea capaz de descubrir el truco no implica que no lo haya. Eres demasiado listo para mí. Sabes cosas que no sé y deseas otras que no entiendo.

—Te deseo a ti.

—Esa carta ya la has jugado —dijo ella negando con la cabeza.

—No ha sido un juego. Todo lo que había entre nosotros era verdad. Iba a contarte lo de Shane, pero estaba esperando el momento justo para hacerlo.

—No me lo creo.

—Creí que si llegabas a conocerme mejor, si conseguía gustarte, si tenía una oportunidad antes de que Shane te predispusiera en mi contra, escucharías mi versión de los hechos.

—No esperarías que fuera a confiar en ti después de haberme mentido.

—Lo sé. Si pudiera volver atrás, te lo contaría el primer día –Riley titubeó–. Tal vez.

Ella se cruzó de brazos y frunció los labios, claramente impaciente.

—Intento ser sincero. Si pudiera volver atrás, me hubiera resultado difícil contártelo, ya que te habrías negado a salir conmigo. No hubiéramos ido esa noche al muelle, ni hubiéramos ido en coche por la costa, ni hubiéramos pasado la noche…

—Basta, Riley.

—No consigo dejar de pensar en ello.

—Pues debes hacerlo.

—¿Tú lo has conseguido?

La leve vacilación que ella demostró le indicó que tenía una mínima oportunidad.

—Sí– afirmó ella con voz queda.

—¿Quién miente ahora?

Ella abrió la boca para contestarle, pero él le puso un dedo en los labios.

—No me mientas, Kalissa. Ya lo he hecho yo por los dos.

Ella tenía los ojos brillantes a la pálida luz de las farolas.

—Lo único que te pido es una oportunidad –rogó él tratando de contener la emoción–. No me dejes.

Ella parpadeó rápidamente y él la tomó en sus brazos.

–Perdóname, Kalissa. Daría lo que fuera por volver a empezar y hacer que todo fuera distinto.

–No podemos. Es mi hermana, Riley –afirmó ella, pero su cuerpo se apretó contra el suyo–. Y la acabo de encontrar.

–Lo sé –la abrazó con más fuerza.

–Intentas hacerles daño.

No era así: intentaba hacer daño a Colborn Aerospace.

–No tiene nada que ver contigo.

–No puedes ponerme en medio.

–No lo haré –le puso la mano en la mejilla. Su piel era suave y cálida. Le miró los labios. Tal vez fuera la última vez. No consentiría que lo fuera. No consentiría que fuera la última vez que la besara.

Acercó su boca a la de ella. Sus labios eran suaves y dulces. Se abrieron bajo los suyos y la besó profundamente, lo que le excitó. Deseó estar de vuelta en Lake Forest y no haberse marchado de allí.

–¿Señorita Smith? –dijo una voz masculina al tiempo que se aproximaban unos pasos.

Kalissa se separó bruscamente de él, alarmada.

–No te inquietes –dijo Riley–. Vendrá de parte de Shane –fulminó con la mirada al hombre, que acababa de agarrarle el brazo a Kalissa.

–¿Intenta matarla del susto?

–Me pagan para protegerla.

–¿Protegerme de qué? ¿Quién es usted? –preguntó Kalissa.

–Shane Colborn, su cuñado, me ha pedido que me asegure de que esté a salvo.

–De ningún modo –protestó Kalissa.

–Me llamo Patrick Garrison, señorita, y trabajo en los servicios de seguridad West Shore.

–¿No irá usted armado? –preguntó ella al tiempo que sacaba el móvil.

–No se preocupe.

Ella marcó un número. Riley miró al hombre a los ojos. Era evidente que era un guardaespaldas profesional, pero él no iba a dejarse intimidar.

–¿Darci? Estoy frente a mi casa con un tipo que dice trabajar para los servicios de seguridad West Shore.

El teléfono de Patrick Garrison sonó.

–¿Sí? –hizo un pausa–. Sí, está ella –hizo otra pausa y miró a Riley–. Supongo que es él.

–Soy yo –afirmó Riley.

–Esto es ridículo –comentó Kalissa a Darci.

–Muy bien, señor. Desde luego –dijo Garrison antes de acabar de hablar.

Sonó el móvil de Riley.

–Dile a Shane que, no sé, que lo despida –dijo Kalissa a su hermana.

Riley miró la pantalla, pero el número estaba oculto.

–¿Sí?

–Soy Shane.

–¿En serio?

–¿Qué estás haciendo?

–Hablando con Kalissa. ¿Y tú?

–Protegiéndola.

–Yo también.

–Protegiéndola de ti.

–No lo necesita ni lo desea.

–No me digas que es Shane el que está hablando con Riley –dijo Kalissa a Darci.

Riley asintió con la cabeza. Garrison retrocedió y Riley hubiera jurado que parecía estar divirtiéndose.

–¡Esto es absurdo! –exclamó Kalissa.

–Dile que se venga a vivir con nosotros –exigió Shane a Riley.

–No voy a hacerlo –pero, entonces, Riley se dio cuenta de que Shane hablaba con Darci.

–No lo hagas –advirtió Riley a Kalissa.

–¿Qué? No –continuó Kalissa al teléfono.

–Ella se queda aquí –dijo Riley a Shane.

–No es asunto tuyo –respondió este.

–Riley no va a hacerme daño –insistió Kalissa.

–¿Piensan que voy a hacerte daño? – Riley no se lo creía.

–No –repitió Kalissa.

–¿Qué dicen? –preguntó Riley a Kalissa.

–Quieren que Garrison me lleve a la mansión.

–Ya les has dicho que no –Riley miró su móvil y cayó en la cuenta de que no tenía que seguir hablando con Shane, así que colgó–. Tenemos que hablar –después miró a Garrison–. Está a salvo.

–Sé que lo estará –contestó este cruzándose de brazos.

–Despídete de Darci –dijo Riley.

–Tengo que colgar –explicó Kalissa a su hermana–. Debo hablar con Riley –hizo una pausa–. Cinco minutos. De acuerdo. Adiós.

–Aléjese –dijo Riley a Garrison. Este miró a Kalissa.

–Esto es ridículo –observó ella–. ¿Puede alejarse un poco?

–Lo que usted diga.

–¿Podemos ir a hablar a algún sitio? –preguntó Riley a Kalissa.

Ella no contestó y se limitó a mirarlo con expresión de incertidumbre.

–Tenemos que hablar –insistió él.

–No me fío de ti.

–Lo sé y lo entiendo, pero no podemos echar a perder nuestra relación sin más –la tomó de la mano, al ver que ella no le contestaba.

–No puede ser esta noche.

–¿Cuándo?

–¿Puedo llamarte?

–¿Vas a hacerlo?

Ella frunció el ceño.

–Si no me llamas, lo haré yo.

–De acuerdo.

–Quiero besarte.

–No.

–Lo deseo intensamente.

–Puede que Garrison te pegue un tiro.

–No se arriesgará a darte a ti.

–Seguro que es muy buen tirador.

Riley no quería besarla delante del guardaespaldas, sino a solas, preferiblemente en su dormitorio. Se tragó una maldición.

–Te voy a echar de menos cada segundo.

–No te prometo nada.

Él tuvo que aceptar su inseguridad. Le quedaba un largo camino por recorrer antes de que ella volviera a fiarse de él. Y Shane maniobraría en su contra y haría lo imposible por verlo fracasar.

Capítulo Ocho

A la mañana siguiente, Patrick Garrison esperaba a Kalissa enfrente de Mosaic Landscaping.

–No habrá pasado la noche aquí, ¿verdad? –le preguntó.

–¿Este es el tipo? –preguntó Megan a Kalissa.

–Este es.

–Yo soy Megan –dijo su amiga tendiéndole la mano.

–Acabo de empezar el turno, señorita –respondió Garrison a Kalissa al tiempo que estrechaba la mano de Megan.

–¿Cómo funciona esto? –preguntó Kalissa–. ¿Va a seguirme todo el día?

–Es conveniente que esté cerca de usted.

–Sabe que no es necesario.

No entendía a Riley. Una vez descubierto, si lo que había pretendido era obtener información de Colborn Aerospace a través de ella, ¿por qué persistía? ¿Por qué le había dicho aquellas hermosas palabras la noche anterior? ¿Y por qué ella había considerado la posibilidad de que fuera sincero?

–¿Va usted armado? –le preguntó Megan.

–No le gusta hablar de eso –apuntó Kalissa–. ¿Conduzco despacio para que pueda usted seguirme?

—No es necesario —respondió Garrison sonriendo con suficiencia—. Pero será más fácil que la lleve yo.

—No nos va a llevar a ningún sitio.

Echó a andar hacia la camioneta. Garrison se le acercó inmediatamente.

—Preferiría que viniera conmigo.

—Tenemos que llevar las herramientas en la camioneta.

—Puedo conducirla yo —se ofreció Garrison.

—Cuesta meter las marchas.

—Me las arreglaré.

—Estoy de acuerdo con él. Déjalo conducir —intervino Megan y, en broma, levantó el puño para chocarlo contra el brazo de Garrison.

Este actuó a toda velocidad agarrándola de la muñeca.

—¡Vaya! —exclamó Megan al tiempo que retrocedía.

—Impresionante —afirmó Kalissa.

—No pretendo impresionar —apuntó Garrison soltando a Megan— sino hacer mi trabajo. Y me lo facilitaría mucho si me dejara conducir.

—De acuerdo —dijo al tiempo que se metía la mano en el bolsillo para darle las llaves—. Voy a llamar a Riley —le dijo a Garrison mientras cerraba la puerta del conductor.

—Vamos a Oak Park —apuntó Megan.—Hay que tomar…

—Sé dónde está —contestó Garrison.

—¿Cómo lo sabe? ¿Nos ha investigado?

—Sí —afirmó Garrison.

—No puede ser –dijo Megan preguntándose si le estaba tomando el pelo.

Kalissa buscó el número de teléfono de Riley y se llevó el móvil a la oreja.

—Hola –volvió la cabeza hacia la ventanilla para que, aunque Garrison la oyera, no le viera la expresión del rostro.

—¿Cómo estás? –preguntó Riley–. ¿Cuándo puedo verte?

—Cuanto antes. Pero no para lo que estás pensando.

—No presupongo nada.

—Dijiste que teníamos que hablar, así que estoy de acuerdo en que lo hagamos –Kalissa miró a Garrison y a Megan que, en silencio, tenían la vista fija en el parabrisas.

—¿Estás en casa? –preguntó Riley.

—Estamos de camino a Oak Park.

—¿Quiénes?

—Megan, Garrison y yo.

—Me quito el sombrero ante Shane –afirmó Riley riéndose.

—¿Qué quieres decir? –preguntó ella, perpleja.

—Yo hubiera hecho lo mismo. Si estuviera en su lugar, no dejaría que te acercaras a mí. Pero soy yo, no él, y quiero acercarme a ti lo más posible.

—¿Qué dice? –preguntó Garrison. Kalissa lo fulminó con la mirada.

—Salgo ahora mismo para allá –afirmó Riley–. Hablaremos cuando llegue.

—No te hagas ilusiones, porque no va a pasar

nada –a Kalissa se le encogió el estómago al pronunciar esas palabras–. No me fío de ti.

–Lo sé.

Kalissa se planteó si era buena idea verlo en persona, ya que él sabía exactamente qué decir para confundirla.

–Nos vemos allí –cortó la llamada antes de que él pudiera responderle.

–¿Qué vas a decirle? –preguntó Megan.

–Que me deje en paz.

–Me parece bien –apuntó Garrison.

–¿Cree que se trata de una coincidencia? –preguntó a Garrison.

–¿El qué? –intervino Megan.

–Que Riley se haya encaprichado de mí y yo de él, con independencia de su relación con Shane.

–No –contestó Garrison–. Es rival de Colborn Aerospace. Mintió sobre su identidad. Y la cortejó y sedujo. No es una coincidencia.

Kalissa no sabía qué pensar. Quería creer que le gustaba a Riley, que lo atraía, que se había enamorado ella en un tiempo récord, ya que la alternativa era que él era cruel, y ella, una estúpida. Y no deseaba que ninguna de las dos cosas fuera verdad.

Riley se fijó en la sombría expresión de Garrison cuando Kalissa abrió la puerta del copiloto de su coche deportivo.

–Si subes, tendremos un poco de intimidad –dijo Riley.

Ella asintió y se montó en el coche. Garrison dio unos pasos hacia el vehículo. Kalissa cerró la puerta, y Riley, tras medio segundo de vacilación, se dejó guiar por su instinto, metió primera y arrancó.

–¿Qué haces? –preguntó ella.

–Conseguir algo de intimidad –respondió él al tiempo que miraba por el espejo retrovisor.

Garrison corrió hacia la camioneta y se subió de un salto al asiento del conductor.

–¡Riley!

–Abróchate el cinturón.

–¿Así que me secuestras?

–Técnicamente, sí. Supongo –volvió a mirar por el espejo retrovisor. La camioneta no podría alcanzarlos.

Se abrió paso entre el tráfico al tiempo que aceleraba.

Sonó el móvil de Kalissa. Ella lo sacó al tiempo que negaba con la cabeza, disgustada, y se lo llevaba a la oreja.

–No. No llame a la policía. Va a parar. Me ha dicho que me dejará bajarme. Le volveré a llamar –dijo ella antes de cortar la llamada–. A Garrison le va a dar un ataque de nervios.

Llegaron al río y él tomó la carretera del bosque, que acababa en un pequeño aparcamiento.

–Te juro que solo quiero hablar.

–¿Y crees que este es el modo de conseguir que te escuche?

–No sé lo que creo. Ha sido una decisión repentina.

Riley redujo la velocidad al entrar en el aparcamiento, que estaba desierto.

–No soporto la idea de que Shane te aleje de mí. Si es por decisión tuya, de acuerdo. Si quieres que me vaya, me iré. Pero no porque él lo decida.

Aparcó en un extremo del aparcamiento, al lado de un bosque de robles y álamos.

–¿Qué puedes decirme que me vaya a hacer cambiar de opinión? –preguntó ella.

–Solo la verdad. Y reconocer que durante unos instantes, solo unos instantes, el día en que te llamé para contratarte pensé en utilizarte contra Shane.

–No puedes.

–No lo he intentado. Lo pensé, pero después me di cuenta de por qué te llamaba verdaderamente. Me gustabas, me atraías y quería conocerte.

–Solo habíamos hablado cinco minutos en el jardín del restaurante, y te dedicaste a gritarme casi todo el tiempo.

–Lo sé, pero pasó algo entonces. Sentí una atracción inmediata. En todo el tiempo que hemos estado juntos, ¿te he preguntado por Shane o por Colborn Aerospace? Sabía que, antes o después, les dirías mi nombre y que se armaría una buena cuando lo hicieras.

–Entonces, ¿por qué no me lo dijiste antes de acostarte conmigo? Hubiera sido una noble acción.

–No era mi intención acostarme contigo.

–¿O sea que fuimos por causalidad a cenar a un hotelito de la costa?

—Solo pensé en él cuando estábamos a medio camino.

—¿Por qué iba a creérmelo? —preguntó ella. Su teléfono volvió a sonar.

—No contestes.

Ella no le hizo caso.

—Estoy bien —dijo.

Riley se preguntó si sería Garrison otra vez o Shane. Ella le tendió el móvil.

—¿Quién es?

—Garrison.

—¿Sí?

—Deje de hacer lo que está haciendo —dijo Garrison en tono serio.

—Estamos hablando.

—¿Dónde están? Escuche, soy un tipo muy razonable, pero si le toca un pelo...

—¿Qué pasa? Me da igual lo que mi... Me da igual lo que Shane le haya dicho: no voy a hacer daño a Kalissa —la miró y pensó que haría lo que fuera por ella, incluso dejar que se marchara—. Estamos en el aparcamiento del río, al otro lado del puente —añadió antes de cortar la comunicación.

Ella lo miró, claramente confusa.

—No puedo hacer nada más. Te toca mover ficha —dijo él al tiempo que le devolvía el móvil. Se bajó del coche y fue a abrirle la puerta para esperar a Garrison. Cuando Kalissa desmontó, él intento sonreír—. Sigo queriendo besarte.

—No sé qué pensar.

—No puedo ayudarte —le acarició la mejilla, tal

vez por última vez–. He sido sincero contigo, pero eres tú la que debe tomar una decisión.

Se oyó un vehículo a lo lejos.

–Tengo miedo –dijo ella en voz baja.

–No debes tenerlo. Solo se trata de una relación. Puedes romperla cuando quieras.

–No quiero hacer daño a Darci.

–¿Crees que ella quiere hacértelo a ti? Podemos hacer que lo nuestro funcione, Kalissa. Ser nosotros mismos. No tenemos que hablar de Darci y Shane, ni siquiera mencionar sus nombres. No hay manera de que intente utilizarte contra Shane si no lo mencionamos.

La camioneta entró en el aparcamiento.

–Te llamaré –dijo ella.

–Eso es lo que dijiste la última vez.

–Y lo hice.

Era verdad.

–Tengo que hablar con Darci, pero, después, te llamaré.

La camioneta se aproximó.

–¿Puedo besarte?

Kalissa asintió. Él se inclinó hacia ella sabiendo que solo disponía de unos segundos antes de que Garrison los separase. Fue un beso dulce y estimulante. No era ni de lejos el que él hubiera deseado de ella, pero le dio esperanza.

La puerta de la camioneta se cerró de un portazo y Kalissa se separó de Riley y fue al encuentro de Harrison. Después de que ella se hubiera subido al vehículo, el guardaespaldas se acercó a Riley.

—Tiene usted agallas —afirmó Garrison con una nota de admiración en la voz. El comentario pilló a Riley desprevenido y no supo qué contestar—. Si vuelve a hacerlo, le corto la cabeza.

—No será necesario, aunque me gustaría que lo intentase.

—¿No le ha dicho ella que se vaya a paseo?

—No.

—Tengo que hacer mi trabajo —observó Garrison asintiendo pensativamente—. Soy un profesional y debo informar a Shane Colborn —hizo una pausa—. Pero debo decirle que estoy con usted.

Garrison dio media vuelta, se montó en la camioneta y se dirigió a la salida del aparcamiento. Riley se quedó perplejo. Siguió con la mirada el perfil de Kalissa a través de la ventanilla. Esperaba que lo llamara pronto. No podría soportar la espera.

—Hemos acordado no hablar de ninguno de vosotros dos —dijo Kalissa a su hermana. Miró a Shane, que la observaba con el ceño fruncido desde un rincón del salón.

—¿Cómo vais a hacerlo? —preguntó Darci.

—Aún no estoy segura. Hay problemas que tenemos que solucionar.

Darci parecía incómoda y era evidente que intentaba elegir las palabras con cuidado.

—Sabes que quiere vengarse de Shane.

—No quiero hacerte daño ni enojarte.

–No se trata de mí.

–Yo sí estoy enojado –afirmó Shane acercándose a ellas–. Riley es un delincuente y un oportunista. Se está aprovechando de tu hermana.

–Sé en lo que me estoy metiendo.

–¿De verdad lo sabes? Riley está haciendo esto por mí. No puedo quedarme de brazos cruzados y...

–No depende de ti –intervino Darci.

–Estoy hablando de una cita –apuntó Kalissa–. Una simple cita.

–No va a revelarle secretos de la empresa –dijo Darci.

–No es eso lo que me preocupa –observó Shane–. Me preocupa Kalissa. ¿Cómo vas a sentirte cuando te parta el corazón?

–Tendré los ojos bien abiertos.

–Si te gusta, te gusta –afirmó Darci–. No somos nosotros los que debemos decidir.

–No quería que esto sucediera –explicó Kalissa a su hermana–. Pero tiene algo que me atrae.

–Garrison irá contigo –afirmo Shane.

–Eso le aguará la noche a mi hermana –apuntó Darci.

–No corro peligro alguno con Riley –aseguró Kalissa.

–Va más allá de Riley. Eres mi cuñada y alguien podría confundirte con Darci. Eres vulnerable.

–Eso te lo estás inventando –afirmó Kalissa levantándose–. Ni tú ni Darci tenéis protección.

–La tenemos –contestó Darci–. Es discreta, pero tenemos personal de seguridad.

–¿Estás en peligro? –preguntó su hermana volviendo a sentarse.

–Ni más ni menos que cualquier otra persona con una familia rica.

–¿Estoy en peligro? –Kalissa no había pensado en las implicaciones de ser una copia de Darci.

–No depende de nosotros –intervino Shane– y no es nada concreto. Si alguna vez existe una amenaza específica, te lo diré sin rodeos.

–¿Garrison no se va a despegar de mí?

–¿Tienes algún problema con él? –preguntó Shane–. Podemos asignarte a otra persona.

–No, incluso me cae bien.

–¿Cuándo vas a salir con Riley? –preguntó Darci.

–Supongo que en cuanto lo llame –respondió su hermana sin poder evitar una sonrisa.

Darci y Shane se miraron.

–¿Ves a lo que me refiero? –preguntó Shane a su esposa.

Kalissa miró a Darci, confusa.

–Cree que te has enamorado como una colegiala y que no piensas con claridad.

–Yo siempre pienso con claridad – y pensaba en Riley y en las ganas que tenía de llamarlo.

–Dile que venga aquí –propuso Shane.

Kalissa creyó que no había oído bien.

–Eso sería un error monumental.

–No puedes hacer de carabina, cariño –dijo Darci.

–Debieras quedarte esta noche –apuntó Shane. Mejor aún, mudarte a vivir con nosotros.

Kalissa se echó a reír.

–O podemos comprarte un piso en nuestro edificio. Está muy céntrico y cuenta con enormes medidas de seguridad.

–¿Me estáis ofreciendo un piso en el centro de Chicago? –Kalissa no daba crédito.

–Sí. Podrías visitar a tu hermana cuando quisieras.

–No podría acostumbrarme –aseguró Kalissa.

–Dejaríamos que pagaras un alquiler –dijo su hermana.

–¿Estás del lado de tu esposo?

–Es un edificio muy bonito. Serían dos dormitorios, y Megan podría vivir contigo.

–Esto es un error –afirmó Kalissa volviendo a levantarse.

–Al fin y al cabo, solo es un piso –observó su hermana–. Un poco más grande y mejor situado que la mayoría, pero un piso de alquiler.

–Me niego –Kalissa no iba a aceptar la propuesta bajo ningún concepto–. ¿Os habéis aliado los dos contra mí?

–¿Qué quieres que te diga? Se acuesta conmigo –afirmó su hermana–. Siempre estará de mi lado.

–Eres tú la que está del suyo –le reprochó Kalissa.

–Da lo mismo.

–No, no da igual.

–Si te sientes mejor así, te diré que quiero que seas mi vecina tanto como lo desea Shane.

–No es buena idea pagar un alquiler a la familia.

–¿Qué puede ir mal? Pase lo que pase, seguirás siendo mi hermana.

–¿No me habéis oído? Os he dicho que no.

Ambos la miraron con expresión divertida.

–A nosotros no se nos dice que no, Kalissa –observó Shane.

–Porque sois asquerosamente ricos y podéis despedir a los que os rodean.

–Desde luego, pero donamos mucho dinero a organizaciones caritativas.

–No os pido caridad.

–Y no se trata de una donación. Invertiremos en un piso y tú nos pagarás un alquiler.

–Megan y yo pagamos trescientos cincuenta dólares al mes por el piso en que vivimos.

–Pues trato hecho –afirmó Shane tendiéndole la mano.– Voy a hacer lo que sea necesario para complacer a tu hermana.

Kalissa se negó a estrecharle la mano.

–En este caso, no voy a ayudarte –declaró.

Capítulo Nueve

Riley sonrió al ver la curiosidad con la que Kalissa miraba la ciudad por la ventanilla del coche.

–Sería más fácil si pudiera decirle a Garrison adónde vamos –dijo ella.

–¿Y por qué iba a facilitarle las cosas a Garrison? –Riley no tenía nada en su contra. Pero ¿quién quería a un guardaespaldas a su lado en una cita?

–Está parado en el semáforo anterior –afirmó ella mirando por el retrovisor.

–Seguro que te ha puesto un dispositivo de seguimiento, probablemente en el teléfono. Lo digo en serio. Cuando se tiene tanto dinero se vive en otro mundo.

–Pues me parece que tú no te quedas atrás –dijo ella en tono acusador.

–Me estoy acercando lentamente a ese mundo.

–No tanto como yo. Entonces, ¿adónde vamos, ricachón? ¿A un restaurante de cinco estrellas? ¿A un crucero donde nos servirán champán?

–Vamos a alejarnos del lago.

–Entonces no será un crucero.

–Creo que al igual que la primera noche, en que te invité a un perrito caliente, esta vez tampoco te vas a quedar muy impresionada.

–¿A tu Shane le ha parecido bien que saliéramos?

–No mucho. Pero soy mayor de edad y no puede convertirme en su prisionera.

–Pues lo intenta –Riley miró por el retrovisor y vio que el coche de Garrison se les aproximaba.

–Afirma que es una medida de seguridad, que Darci y él también… –Kalissa se calló bruscamente.

–No creo que sea un secreto que toman medidas de seguridad.

–Es mejor que no hable de ellos.

–¿Vas a hablarles de mí?

–Depende de lo que hagas –ella sonrió con descaro.

–Será de lo que hagamos. ¿Las mujeres les cuentan a sus hermanas esas cosas?

–No lo sé. Puede. No he tenido que ser hermana hasta ahora.

–Entonces, ten por seguro que te daré algo que contar.

Llegaron a un enorme aparcamiento.

–¿Qué es esto? –preguntó ella antes de ver el cartel–. ¿La Feria del Hogar y el Jardín?

–Pensé que te gustaría verla.

–Será divertido –afirmó Kalissa sonriendo.

–Y la entrada solo cuesta quince dólares.

–¿Te vas a gastar nada menos que treinta dólares? –preguntó ella fingiendo escandalizarse.

–Y puede que incluso te invite a pizza.

–Estoy anonadada.

–Y a un helado –añadió mientras aparcaba.

Se bajaron del coche y se dirigieron a la entrada, donde Riley pagó. Kalissa fue la primera en pasar por el torniquete.

–¿Adónde vamos primero? –preguntó.

–A la exposición de jardines. Creo que debieras poner un estanque en el tuyo.

–Más bien me inclino por una chimenea exterior –a Riley no le volvían loco los estanques.

–¿No te gustaría uno con cascada y ranas de cerámica? –insistió ella al tiempo que echaba a andar entre el gentío.

–No voy a poner un estanque –dijo Riley.

–Pero mira este. Es precioso, con los pájaros y el trenecito.

–Tal vez si tuviera siete años...

–Creía que querías tener hijos.

–¿Has visto esto? –él la tomó de la cintura y la llevó a la exposición de chimeneas para jardín, al otro lado de la nave–. Mira esta, con todo su cómodo mobiliario. ¿Se podría cubrir de algún modo? ¿Tal vez colocarla cerca del spa? Estaba pensando en una noche fresca y lluviosa. Un baño en el jacuzzi, un cómodo albornoz, una taza de chocolate caliente con un chorrito de coñá, acurrucados en un sofá al aire libre frente a la chimenea.

–Olvídate del estanque –dijo ella casi sin aliento–. Cómprate la chimenea.

–¿A quién le importan los niños? –preguntó él besándola en la sien–. Vámonos –dijo pasándole el brazo por los hombros.

–¿Qué?

–Vámonos –repitió él.

–Pero me gusta esta –señaló una chimenea.

–Esto no tiene nada que ver con una verdadera cita.

–Claro que sí.

–Vamos a cenar a algún sitio. Conozco uno estupendo.

–La última vez que dijiste eso, acabamos en la habitación de un hotel.

–Por mí no hay problema. Podríamos pedir que no subieran la cena.

–No hemos visto casi nada. ¿Qué te ha hecho cambiar de idea?

–Tú: no vas vestida para esto.

–Es que no esperaba que viniéramos a una feria.

–¿Qué esperabas?

–No lo sé.

–Si te has puesto este vestido, ¿qué esperabas, Kalissa? –preguntó él en voz baja y acercándose a ella.

–Sinceramente, que no me duraría mucho puesto.

El cerebro de Riley dejó de funcionar. Al cabo de unos segundos comenzó a hacerlo de nuevo y el aire volvió a entrarle en los pulmones. Se dirigió a la salida tirando de ella.

–Cuando no esté a la altura de tus expectativas, debes decírmelo –afirmó.

–Pero la feria era divertida –dijo ella riéndose–. ¿Vamos a cenar ahora? –preguntó con fingida inocencia.

–Sí.
–¿Y Garrison?
–Sabe cuidarse solo. Ya se dará cuenta de que nos vamos.
–¿Adónde?
–A mi casa. No puedes decirme lo que me has dicho y esperar que no reaccione.
–Esperaba que reaccionases.
–Muy bien.
–No soy una ingenua, Riley.

El viento soplaba en el aparcamiento y olía a lluvia. Se oyó un trueno mientras se dirigían al coche a toda prisa. Él le abrió la puerta.

–Sube –Riley cerró la puerta y corrió a sentarse frente al volante. Comenzó a llover–. Vamos directamente hacia la tormenta –anunció él al tiempo que ponía en funcionamiento el limpiaparabrisas.

–Por lo menos estamos en el coche. Es obvio que me he equivocado de calzado.

–Te llevaré en brazos. Me encantan esas sandalias.

Riley metió la marcha atrás y salió del aparcamiento hacia la autopista de cuatro carriles.

Al cabo de un rato conduciendo sonó una bocina de forma atronadora en la oscuridad. Riley divisó instantáneamente los faros por el lado de Kalissa. Vio que las ruedas del camión que venía por la otra carretera patinaban en el agua. El remolque se plegó bajo el semáforo en rojo e invadió la intersección.

Riley pisó a fondo el freno y giró el volante.

El coche chocó contra una esquina del remolque, volcó y dio dos vueltas sobre sí mismo en la mediana.

Lo primero que registró el cerebro de Kalissa fueron las voces desconocidas. Durante unos segundos creyó que se trataba de la televisión. Después se preguntó por qué había una fiesta en su dormitorio. Intentó abrir los ojos, pero las luces eran demasiado intensas.

–¿Kalissa? –era lo voz de Darci–. ¿Me oyes, cariño?

–¿Darci? –Kalissa tenía la garganta seca y dolorida–. ¿Qué haces aquí?

–Has tenido un accidente –respondió su hermana poniéndole la mano en la frente–. Estás en el hospital.

Kalissa abrió los ojos. Había media docena de personas al lado de la cama, la mayoría con uniforme de hospital. También había aparatos que pitaban. Vio a Riley. Tenía la mano y la cabeza vendadas y la camisa rota. Y lo recordó todo.

–¿Riley?

–Sí, está aquí –dijo Darci–. Solo tiene rasguños y cardenales.

–Podía haberla matado –apuntó Shane.

–Me salvó la vida. El camión… –Kalissa se interrumpió para tragar saliva. ¿Por qué le dolía tanto la garganta?

–Te has dado un golpe en la cabeza –le explicó Darci–. Te han hecho una radiografía y no hay nada roto.

–Me duele la garganta.

–¿Quiere agua? –preguntó una enfermera que acababa de aparecer.

Kalissa asintió y la enfermera le dio un vaso de plástico con una paja.

–¿Puedo sentarme? –le dolía todo el cuerpo. La enfermera asintió y Shane presionó un botón en los pies de la cama, que la elevó.

–No sé por qué me duele la garganta.

–Gritaste mucho cuando el coche volcó –dijo Riley.

–¿No has hecho ya bastante? –le preguntó Shane.

–¿Volcamos? –preguntó Kalissa a Riley. Este se acercó a ella.

–¿Qué recuerdas?

–El camión, las luces, la bocina… Venía hacia mí –afirmó estremeciéndose.

–Le patinaron las ruedas y el conductor no pudo detenerse en el semáforo. Está conmocionado.

–¿Sabe que estamos bien?

–Sí.

–Si no hubieras girado el volante tan deprisa –a ella no le cabía duda de que le había salvado la vida. Riley la tomó de la mano.

–Te vienes a casa con nosotros –afirmó Shane.

–No –quería irse con Riley.

–No tienes elección –observó Shane.

–Deja que cuiden de ti –Riley le apretó la mano.

–No necesito que me cuiden. No tengo nada roto.

–Todavía no estás bien.

Ella frunció el ceño e intentó removerse en la cama. El dolor se le extendió desde los riñones por los brazos, las piernas y el cuello.

–Solo un par de días –dijo Darci–. Déjate mimar.

–Megan me necesita.

–No en el estado en que te hallas –observó Shane.

Kalissa miró a Riley. Quería estar con él. Por la expresión de sus ojos supo que él lo había entendido. Se inclinó hacia ella y le susurró:

–No voy a marcharme. Ponte bien. Te estaré esperando.

Ella quiso darle un abrazo, pero no podía moverse a causa del dolor.

–¿Ya has terminado? –preguntó con dureza Shane a Riley.

–No, pero necesita descansar. Lleváosla a casa.

Los dos hombres se fulminaron mutuamente con la mirada.

Después, Riley, con expresión tierna, besó a Kalissa.

–Llámame cuando te apetezca.

–Ya me apetece –contestó ella.

Él le sonrió.

–Descansa, come algo y date un largo baño. Te mandaré una invitación de regalo para un spa.

Ella fue a protestar, pero él le puso un dedo en los labios.

–No digas nada –y se marchó.

Darci y la enfermera la ayudaron a vestirse y la sentaron en una silla de ruedas. Garrison estaba en el pasillo con Shane y le dirigió una sonrisa para darle ánimos mientras la sacaban en la silla.

–La próxima vez irá contigo en el coche –dijo Shane al guardaespaldas.

–Lo intentaré. Pero ese tipo sabe lo que hace.

–Me dijiste que era un imprudente.

–Le dije que conducía deprisa. Pero maniobró muy bien. Creí que ella se había matado.

–Basta ya –ordenó Darci–. Kalissa está bien.

–Estoy bien –dijo ella desde la silla de ruedas.

O lo estaría tras comer y dormir.

Las puertas del ascensor se abrieron y Shane sustituyó a la enfermera para empujar la silla.

Bajaron a recepción y esperaron a que Garrison llevara el todoterreno. Darci y Kalissa se sentaron en la parte de atrás, Shane delante y Garrison condujo. Kalissa se quedó dormida en el coche y pronto llegaron a su destino.

Garrison fue a comprar sándwiches. Darci le prestó un pijama a su hermana, que se instaló en la habitación de invitados, en una enorme y cómoda cama con dosel.

Al poco rato, Darci entró con dos bolsas de sándwiches.

–¿Sabe Megan lo que ha pasado?– preguntó Kalissa.

–Riley la ha llamado desde el hospital.

–Qué detalle.

Darci se sentó a los pies de la cama.

–Has sonreído al decirlo.

–¿Ah, sí?

–También lo hiciste al verlo en el hospital.

–Me gusta.

Darci sacó un sándwich de una bolsa y se lo dio a su hermana. Después sacó otro para ella. Kalissa se dio cuenta, por las bolsas, de que no estaban comprados en el mismo sitio.

–¿Garrison ha ido a dos sitios distintos?

–Sí, porque en le primero no había patatas fritas y, como nos has dicho que querías, Garrison ha ido a comprarlas.

–No tenía que haberse molestado.

–Después de lo que te ha pasado, es lo menos que podíamos hacer.

–No –dijo Kalissa mientras aceptaba la bolsa de patatas fritas que le tendía Darci–. Esto es lo más que podéis hacer. Me estáis tratando como a una princesa.

–Eres una princesa.

Kalissa sonrió recordando el comentario de Riley.

–¿Por qué sonríes?

–Porque Riley me dijo que no deseaba convertirme en una princesa. Le conté que querías comprarme un piso. Lo siento. Sé que te prometí que no le hablaría de vosotros. Pero estaba nerviosa por la propuesta.

–Puedes hablarle de nosotros. Me parece muy complicado que no lo hagas.

−No quiero revelarle nada.

−¿Confías en él?

−No lo sé. Me gusta, me atrae. Quiero confiar en él, pero, en realidad, no lo conozco.

−Puede que intente engañarte. Está muy motivado para congraciarse contigo −Darci dio un mordisco a su sándwich.

−No me parece que intente engañarme. Iba a acostarme otra vez con él esta noche.

Su hermana no se alteró ante la noticia.

−Ya eres mayor de edad.

Kalissa mordió su sándwich de pavo, que le supo a gloria.

−¿Qué vas a hacer? −preguntó Darci.

−Comer y dormir.

−Debiéramos invitarlo a que viniera.

−¿A quién?

−A Riley.

−No me parece buena idea. No pensé que fueras una idealista.

−No lo soy. Pero es evidente que algo está naciendo entre vosotros y…

−Y puede que muera rápidamente. Tal vez mi recuerdo de la noche que pasamos juntos esté sesgado. Puede que él no sea tan bueno en la cama.

−¿Bebisteis mucho anoche?

−Algo de vino. Nada fuera de lo normal.

−Entonces, probablemente Riley sea muy bueno en la cama.

−Estaba a punto de averiguarlo −Kalissa sonrió con timidez−. De no haber sido por el accidente…

–Cuando Garrison nos llamó, me asusté mucho. Creí que te iba a perder después de acabar de encontrarte.

Kalissa le tendió los brazos y se abrazaron.

–No vas perderme –le prometió.

–Ni tú a mí. Ni por Riley, ni por Colborn Aerospace, ni por nada. Shane se avendrá a razones.

–Eres una idealista.

–Puede ser –los ojos de Darci brillaron, traviesos, al sonreír–. Pero consigo de Shane lo que quiero.

Capítulo Diez

–Estuve a punto de matarla –le dijo Riley a Ashton.

–Fue el conductor del camión el que estuvo a punto de hacerlo. Tú la salvaste.

Eran las cinco pasadas, pero se oía el rumor de los empleados del turno de tarde trabajando, fuera del despacho de Riley, en Ellis Aviation. Acababan de ganar otro contrato europeo, y Riley estaba en conversaciones con una aerolínea canadiense para la construcción de diez E–22. La perspectiva del contrato canadiense debiera haber supuesto un alivio, pero exacerbaría el problema de la falta de soportes de montaje de los motores.

–No voy a apartarme de ella –afirmó Riley.

–¿Quién dice que lo tienes que hacer? –preguntó Ashton.

De repente, la puerta se abrió y ambos se sobresaltaron.

Shane apareció en el umbral.

Riley se levantó.

Shane lanzó una breve mirada a Ashton.

–He venido a decírtelo de hombre a hombre –declaró.

–Ya te he dicho todo lo que tenía que decirte

sobre Kalissa. Haz lo que tengas que hacer, que yo haré lo mismo.

–No se trata de Kalissa –dijo Shane avanzando tres pasos–, sino sobre los soportes de montaje.

–¿Qué les pasa?

–Tenías razón.

–Lo sabía –Riley estaba seguro de que había sido una maniobra de Shane.

–Ha sido uno de mis jefes de departamento. Creía que estaba ayudando a la empresa.

–Y lo estaba haciendo, al menos a ti.

–No por orden mía. No tenía ni idea.

Riley no se lo creyó.

–Te he pillado, Shane, reconócelo.

–¿Me estás llamando mentiroso?

–Sí.

Shane se puso rojo de ira. Ashton se levantó y este lo miró de abajo arriba.

–No quiero problemas –dijo Shane.

–Pues nadie lo diría –respondió Ashton.

–No pasa nada –dijo Riley. No tenía miedo de Shane.

–Lo he despedido –afirmó Shane–, pero puedes creer lo que quieras. No hago negocios así, no me hace falta.

Riley tuvo que reconocer que parecía sincero. A pesar del rencor que sentía por él, nunca, salvo en el caso del absurdo libro que había escrito su exnovia, había oído decir que Shane no fuera honrado.

–Entonces, supongo que, para deshacer el entuerto, querrás vendérmelos al por mayor.

Era evidente que Shane ya había previsto su petición.

—¿No has encontrado otro proveedor?

—Sí, pero a un coste mayor.

—Entonces, ¿propones que nos ayudemos?

—Propongo que no nos hagamos daño.

—Eso sería una novedad —observó Shane, pero asintió con brusquedad.

La opinión de Riley sobre él mejoró levemente.

—¿De verdad que lo has despedido?

—Hay líneas que no se pueden cruzar.

Riley trató de compaginar el sentido moral de esas palabras con el hecho de que Shane continuara sin reconocerlo como su hermanastro. No pudo.

Shane miró por la ventana del despacho a la planta.

—Es mayor de lo que me esperaba.

—Estamos creciendo.

—¿Usáis robots?

—Puede.

—Nosotros también —afirmó Shane volviéndose hacia él.

—¿Vas a enseñarme Colborn Aerospace? —preguntó Riley.

—No.

—Entonces, deja de inspeccionar mi fábrica.

—Habla con David Gorman sobre los soportes.

—¿Y Kalissa? —preguntó Riley.

—Dice que vuelve a su casa mañana. Garrison se quedará con ella.

—Lo sé. Que conste que me parece bien.

—¡Qué alivio! —se mofó Shane.

—Creo que estamos destinados a pelearnos a puño limpio. Y no me importaría si no fuera porque Kalissa está en medio.

—Aléjate de ella.

—No puedo.

—Podríamos hacer como si el otro no existiera.

—Creo que eso ha funcionado muy bien en los últimos treinta años.

Shane lo miró con los ojos entrecerrados como si estuviera perplejo, cuando lo que debía de estar era enojado. A Riley le daba igual. Lo único que le importaba era Kalissa.

Un farolillo parpadeaba en medio de la mesa iluminando las rústicas paredes del restaurante. La silla de Kalissa era grande y cómoda y no le llegaba la conversación del resto de los comensales debido a la separación entre las mesas.

—No voy a intentar pasarme de listo esta vez —dijo Riley, sentado frente a ella—. No voy a aparentar tener ni más ni menos dinero del que poseo.

—¿Lo habías intentado antes?

—Creí que llevarte a la feria era inteligente. Y que el paseo por el muelle te demostraría que era un tipo normal.

—¿Y cuando sacaste la tarjeta de crédito para pagar un vestido de diseño que solo me iba a poner una vez?

—Trataba de impresionarte.

—¿Y ahora?

Él la agarró de las manos. Las suyas eran atractivas, cuadradas, fuertes y suaves al tacto.

—Ahora solo quiero que estés cómoda.

—Lo estoy. Esta silla es estupenda.

—¿No te duele nada?

—He vuelto a la normalidad —Kalissa había estado casi todo el día trabajando con Megan y se sentía bien—. Supongo que Darci y Shane me han mimado mucho, y puede que me haya convertido en una princesa.

—¿Y qué vamos a hacer al respecto? —preguntó él apretándole las manos.

—Mi cama individual y la bombilla desnuda encima de la tienda de Mosaic Landscaping me curarán.

—¿Tienes la intención de dormir ahí?

—¿Creías que iba a volver a casa de Darci? —preguntó ella, sorprendida.

—No.

—Ah, pensabas en una tercera posibilidad.

—En efecto.

Kalissa tuvo la impresión de que le iba a gustar.

—¡Debiera darles vergüenza! —la voz estridente de una mujer los interrumpió.

Kalissa alzó la vista. Una mujer entrada en carnes, bien vestida, de cincuenta y tantos años se hallaba al lado de la mesa.

—¿Perdone? —preguntó, sorprendida.

—Señora, esto es una cena privada —apuntó Riley.

—Sinvergüenzas —dijo la mujer al tiempo que daba una palmada en las manos agarradas de ambos.

—Haga usted el favor de... —Riley se levantó.

—¿Qué hace? —gritó una voz masculina. Era un hombre de unos treinta años, alto, fuerte, vestido con un traje caro y una corbata de seda. Agarró a Riley del brazo.

—Suélteme —le ordenó este.

—No toque a mi madre.

—Dígale que es una cena privada.

—Se lo diré a su marido —le espetó la mujer a Kalissa.

—No estoy casada —respondió esta.

Otro hombre se acercó a la mesa y un camarero llegó corriendo.

—¿Algún problema?

—Shane Colborn es un buen hombre. Dona dinero al refugio de animales —dijo la mujer y, a continuación, agarró la copa de vino de Kalissa y se la vació en el pecho.

Riley se lanzó hacia ella, pero los dos hombres lo agarraron y uno le dio un puñetazo en el estómago.

—¡Riley! —gritó Kalissa. De pronto, alguien le pasó el brazo por los hombros,

—Sáquela de aquí —chilló Riley antes de devolverle el puñetazo al hombre. Después se agachó para evitar el que le lanzó el segundo hombre a la cabeza.

Kalissa intentó soltarse.

–Soy yo, Garrison. Vamos.

–No –no iba a abandonar a Riley.

–Tengo que ponerla a salvo. Después volveré a ayudarlo.

Kalissa se alejó de mesa.

–Vuelva –le dijo a Garrison, que abrió la puerta de la cocina.

–Que se quede aquí –dijo el guardaespaldas al chef. Este asintió y Garrison salió.

Kalissa no daba crédito a lo que había pasado. Era un restaurante con clase. ¿Cómo podía un malentendido haber degenerado en una pelea? Oyó gritos, el sonido de cristales rotos y un golpe seco contra la pared.

El chef llamó a la policía para pedir ayuda inmediata. Kalissa estaba aterrorizada por Riley y Garrison. Ansiaba ver lo que sucedía, pero tenía miedo de que su presencia empeorase las cosas.

Los dos entraron por la puerta sudando y despeinados. Cada uno la agarró de un brazo.

–¿Dónde está la salida más próxima? –gritó Riley al chef.

–La salida de incendios –este se la indicó–. Pero harán saltar la alarma.

–¿Estáis bien? –preguntó Kalissa mientras se dirigían hacia allí.

–Sí –contestó Riley–. No te detengas.

Al llegar a la puerta, empujó la barra y la abrió. La alarma comenzó a sonar. Salieron a un callejón.

–Tengo ahí el coche –dijo Garrison.

–¿Ha aparcado en el callejón? –preguntó Kalissa.

—Siempre lo hago por si hay que salir corriendo —abrió la puerta trasera y Riley empujo a Kalissa dentro antes de montarse.

Garrison se sentó al volante y arrancó.

—¿Te has hecho daño? —preguntó Riley a Kalissa.

—Estoy bien, pero no creo que el vestido sobreviva. Qué mujer tan desagradable. Y qué forma de juzgar a los demás.

Ambos hombres soltaron una carcajada.

—No tiene gracia. Ha sido vergonzoso. ¿Vamos a poner una denuncia?

—Ya me ocuparé yo de eso —afirmó Garrison—. Conozco a unos cuantos policías.

—Gracias por su ayuda —dijo Riley.

—Gracias por la suya. Me pilló desprevenido, ,o me esperaba que hubiera problemas en un sitio como ese.

—¿Qué voy a hacer? —preguntó Kalissa—. ¿Quedarme encerrada en casa?

No podía dejar de parecerse a Darci.

—Yo les recomendaría que hicieran una entrevista en televisión —dijo Garrison—. Así, la gente sabría que son gemelas y estas cosas dejarían de pasar —sacó el móvil.

—¿Seguro que estás bien? —preguntó Riley a Kalissa.

—De maravilla, pero tengo hambre. ¿Por qué no compramos algo de comer?

—Esta noche no vamos a comprar comida.

—Ha habido un problema en el restaurante —dijo Garrison al teléfono—. Ella está bien. Está conmigo.

–Iremos a algún sitio tranquilo y discreto –dijo Riley.

–De acuerdo –dijo Garrison antes de colgar–. Shane quiere que la lleve a su casa.

–No –Riley negó con la cabeza–. Nuestra última cita acabó con ella en casa de Shane. No va a repetirse.

–Lo mejor sería que me fuera a casa –intervino Kalissa.

–Llévenos al hotel Emerald. Hay una planta con medidas de seguridad. Pediremos que nos suban la cena. Y dígaselo a Shane.

–Dígaselo –insistió Kalissa. Solo conocía ese hotel por fuera, pero parecía elegante. Esperaba que el menú fuera bueno y que pudieran salvar aquella cita.

Riley se registró en el hotel mientras Garrison esperaba a su lado. Kalissa se había sentado en un rincón del vestíbulo tratando de ocultar su manchado vestido.

–No va volver a casa mañana –dijo Riley al guardaespaldas.

–Nunca va a volver a casa.

Riley estuvo de acuerdo. Si su parentesco con Darci se hacía público, se resolverían algunos problemas, pero se producirían otros. La cuñada de un importante multimillonario no podía vivir encima de un almacén, en aquella zona de la ciudad.

–Dígale a Shane que haga los arreglos necesarios. No voy a discutírselos.

—No creo que haga falta que le diga nada.

—Es verdad —Shane se encargaría de todo en cualquier caso—. Por favor, dígale a Megan que Kalissa no irá esta noche a casa.

—Muy bien.

Kalissa se levantó al ver que se acercaban.

—Lo llamaré mañana por la mañana —añadió Riley.

Garrison se despidió y Riley tomó de la mano a Kalissa.

—El ascensor es por allí.

—Mi vida es un absoluto descontrol —afirmó ella.

—Esta noche, está controlada.

—Estoy en un hotel de cinco estrellas con un vestido manchado y sin equipaje.

Se montaron en el ascensor y subieron al piso trigésimo segundo, el que disponía de medidas de seguridad.

—Estoy molesta y pegajosa.

—Tendremos que cambiarte de vestido —afirmó él mirando las manchas de vino.

—¿Habrá albornoces en la habitación?

—Desde luego —respondió él al tiempo que el ascensor se detenía y se abrían las puertas.

—Me encantaría ducharme y cambiarme.

Llegaron a la suite y Riley abrió la puerta. Entraron en un gran salón con sofás, una mesa para seis comensales y una chimenea a gas. Una puerta doble al fondo conducía al dormitorio. Kalissa miró a su alrededor.

—¿Por qué no has tomado una habitación normal?

—Porque no las hay en esta planta, que es la que cuenta con medidas de seguridad.

—Es enorme. ¿Cuánto te…?

—No te preocupes por eso. Aquí estás a salvo. Y eso es lo único que importa. Nadie nos molestará –Riley se quitó la chaqueta y se aflojó la corbata–. Vamos a tranquilizarnos y a disfrutar del resto de la noche.

—Voy a quitarme el vestido –dijo ella mirándoselo.

—Ve allí –él le indicó el dormitorio.

Ella se dirigió allí mientras él se sentaba en el sofá y consultaba los mensajes del móvil.

—Hay albornoces –observó ella desde la habitación.

Riley oyó correr el agua y se la imaginó en la ducha, con el agua brillándole en la piel y la espuma en los senos, el estómago y más abajo… Se dijo que debía pensar en otra cosa. Había algunos mensajes del trabajo, así que abrió uno.

—¿Riley? Ven a ver…

Él estaba en la ducha antes de que ella acabara la frase. Comenzó a desnudarse.

—¿Vienes? –pregunto ella con dulzura y una mirada traviesa.

—Espero que no tengas mucha hambre. Pero ahí va un consejo –dijo él entrando en la ducha–. Si quieres comer, no te desnudes ni te mojes –la abrazó el empapado cuerpo–. Y no seas tan increíblemente hermosa.

—¿Quién ha dicho que las ganas que tengo sean

de comer? –preguntó ella rodeándole el cuello con los brazos al tiempo que sonreía.

Él le acarició los hombros y la espalda hasta llegar a las nalgas.

–Te he echado de menos –susurró ella.

Él la abrazó con fuerza, desesperado por absorber y memorizar su olor, su tacto y su sabor. Le levantó la barbilla para besarla profundamente. Sus lenguas se entrelazaron mientras las manos de ella se deslizaban por su cuerpo hasta más abajo del estómago y se movían entre ellos dos mientras el agua les resbalaba por la piel.

–Cariño –gimió él–. No...

–¿No? –preguntó ella sonriendo y agarrándolo con más fuerza–. ¿Estás seguro?

–Estás jugando con fuego –gimió él apretando los dientes.

–Pues quémame. Y hazlo ahora, ahora mismo –susurró ella.

Él la levantó, le apoyó la espalda en la pared de azulejos de la ducha y le enlazó las piernas en su cintura. Le era imposible esperar más y la penetró de golpe.

–Riley –gimió ella aferrándose a él mientras se movía–. Sí, sí.

–No te haces una idea de cuánto te he echado de menos.

Riley la besó en el cuello y la sujetó con fuerza al tiempo que aumentaba el ritmo de las embestidas y el deseo lo impulsaba y borraba todo lo que no fuera ella.

–Más deprisa –dijo Kalissa–. Más fuerte.

Él intensificó el ritmo mientras el agua le caía sobre la espalda. Y ella gritó al tiempo que su cuerpo se contraía.

Él la siguió hasta el borde del abismo, aferrándose a ella mientras lo invadían olas de placer. Cuando fueron disminuyendo, se dio cuenta de que la agarraba con demasiada fuerza.

–Perdona.
–¿Por qué?
–Creí que te estaba aplastando.
–No me he dado cuenta.
–Eres increíble –dijo él sonriendo al tiempo que le echaba hacia tras el cabello mojado.
–Tú también.
–Todo ha sido muy rápido.
–Pero ha sido estupendo –afirmó ella sonriendo a su vez–. Y tenemos toda la noche.
–En efecto –la besó.
–¿Crees que una chica como yo podrá conseguir por aquí un filete? ¿O pollo? ¿O un plato de pasta?
–Creo que esa chica conseguirá todo lo que le apetezca.

Kalissa estaba sentada al lado de Riley en la cama. Llevaban los dos el albornoz del hotel y estaban terminando una botella de vino mientras ella iba cambiando de canal de televisión.

–¿Quién crees que querrá entrevistarnos?

El plan de Garrison le parecía bien, pero no estaba segura de que el público estuviera muy interesado en Darci y en ella.

—Cualquier programa de entrevistas de la televisión local.

—No me gustan esos programas.

—No tienen que gustarte para salir en uno.

—Me gustan los programas sobre jardinería.

—No es de extrañar.

—Y también me gustan aquellos en los que la gente compra una casa. Me parecen muy divertidos. Y la gente parece muy contenta. Suele ser una pareja, a veces con hijos, que inicia una nueva etapa de su vida.

—Pues Darci y tú podríais ir a comprar un piso juntas y llevaros a un equipo de televisión.

—Claro, para que mostraran a la rica y benevolente hermana que salva a su patética y pobre gemela.

—No me refería a eso —Riley le puso el dedo en la barbilla para levantársela y obligarla a mirarlo.

—Ya lo sé —respondió ella, que lamentaba su reacción.

—Darci no quiere disgustarte. Ni siquiera lo desea Shane.

No era lo que hacían, sino quiénes eran y cómo le habían trastocado la vida.

—Me las arreglaré —afirmó ella—. Ya lo hago.

—No me cabe la menor duda de que lo harás. Pero eres consciente de que tu vida ha cambiado.

—No tiene por qué cambiar mucho.

–Ya lo ha hecho.

–No me importa su dinero, no lo quiero.

–Creo que no te consideran una cazafortunas.

–Sé cuidar de mí misma.

–En circunstancias normales, pero estas no lo son.

Ella no contestó. Quiso decirle que esa noche había sido una excepción. ¿Qué probabilidad había de volver a encontrarse con otra fanática defensora de Shane Colborn que considerara que su deber era salvar su matrimonio?

Sin embargo, recordó el día en la tienda de descuento. Volvería a suceder, no todos los días, pero volvería a haber malentendidos. Y podría volver a encontrarse en una situación violenta o peligrosa.

–Tienes que dejar que Shane te proteja.

–Odias a Shane.

–No lo odio, sino que no me cae bien. Bueno, puede que lo odie, pero eso no implica que no tenga razón.

–Quiere que le diseñe un nuevo jardín y que me dedique exclusivamente a esa tarea.

–Si yo tuviera una mansión como la suya, también desearía que diseñaras los jardines.

–¿Y querrías comprarme un piso?

–Te compraría lo que quisieras.

–Menos mal que no eres multimillonario. Me convertirías en una princesa mimada de la noche a la mañana.

Riley no contestó. Ella tomó su rostro entre las manos. Tenía los ojos de color gris claro. Le encantaban sus ojos. Y su boca, que invitaba a besarla.

—¿Otra vez? —preguntó él, sorprendido.

—Solo iba a besarte.

—Intentas distraérme.

No era verdad. Quería mirarlo, acariciarlo, olerlo, pero no estaba preparada para reconocer que se estaba enamorando. Así que sonrió y fingió que solo deseaba sexo.

—¿Y funciona?

—¿Tú que crees? —preguntó él mirándose significativamente la parte inferior del albornoz.

—Que me excitas —lo besó en la boca.

—Creo que debiéramos seguir hablando —afirmó él sentándola en su regazo.

—¿Quieres hablar de sexo?

—Quiero que estés a salvo.

—Lo estoy —ella se sentó a horcajadas sobre él y él le miró el cuerpo a través del albornoz entreabierto. Pero se lo volvió a cerrar.

—Quiero que mañana te acompañe Garrison y hagas lo que Shane te diga.

—¿Y si me dice que me aleje de ti?

—No le hagas caso.

—Querrá que me vaya a vivir al mismo edificio que ellos.

—No puedes quedarte donde estás.

Kalissa le puso las manos sobre las suyas, que le sostenían el albornoz, y tiró de ellas para volver a abrirlo.

—Voy a quedarme exactamente donde estoy.

—Eres una desvergonzada.

—¿No podemos hablar de eso mañana?

—Di que sí —los labios de él rozaron los suyos.
—Sí, ¿qué? —preguntó ella.
—Sí, haré lo que me digas.
Ella lo repitió.
—No sabes lo sexy que suena.
—Estoy medio desnuda en tu cama y llevamos dos semanas separados. Todo lo que diga sonará sexy.

Lo besó y se apretó contra él.

—Tienes toda la razón —dijo él contra sus labios. Después, la abrazó, y la realidad desapareció.

Capítulo Once

Kalissa, junto a Megan, miraba con la boca abierta el piso de dos habitaciones.

–Lo hemos alquilado temporalmente –dijo Darci–. Cuando compremos, queremos uno más alto.

–Se ve el lago desde aquí –afirmó Megan señalando uno de los ventanales del espacioso salón.

El piso estaba completamente amueblado. La cocina estaba equipada con electrodomésticos de gama superior. El pasillo conducía a dos grandes dormitorios con cuarto de baño y terraza.

–Sé que me repito –apuntó Kalissa, pero esto es demasiado: demasiado grande y opulento.

–Era el único disponible en el edificio.

–Cuando compréis, ¿podría ser más pequeño?

Darci intercambió una mirada con Garrison, que estaba en la puerta. Megan lo observó.

–Creo que no los hay más pequeños.

–No me acostumbraré.

–Pues yo sí –respondió su amiga–. Aparte de un dormitorio para cada una, tenemos un cuarto de baño individual,

–¿Cuál prefieres? –preguntó Kalissa.

–Creo que te quedarás con el dormitorio principal –contestó Megan riendo.

–No necesariamente.

Darci volvió a mirar a Garrison, que avanzó unos pasos.

–Creo que debiéramos ir a por sus cosas, las de ustedes dos, señorita Megan, a su antiguo piso.

–Iré a ayudaros –se ofreció Kalissa.

–Quédate conmigo –le pidió Darci.

–¿Va usted a ayudarme a empaquetar cajas? –preguntó Megan a Garrison con incredulidad.

–Voy a llamar a la empresa de mudanzas –contestó–. Ellos se encargarán de hacerlo.

–Quédate –le pidió Darci a su hermana–. Tenemos que hablar.

Garrison y Megan se fueron.

–¿Tienes sed? –preguntó Darci a Kalissa al tiempo que se dirigía a la cocina–. Creo que hay vino.

–Anoche, Shane pidió que le trajeran unas botellas de la bodega de la mansión.

–¿Estas son de la mansión?

–Así es.

Kalissa se acercó a su hermana.

–Tienes que ir más despacio, Darci. Me siento muy incómoda.

–Deberíamos hablar –contestó su hermana mientras descorchaba una botella–. Ahí hay copas.

–¿Cómo es que hay copas aquí? –Kalissa entendía que hubiera electrodomésticos, muebles e incluso cuadros. Pero ¿una vajilla?

–A veces se alquila solo el fin de semana, por lo que es agradable que la gente encuentre todo lo que pueda necesitar.

Kalissa quería preguntarle cuánto pagaban por el piso, pero tenía miedo de la respuesta. Agarró dos copas. Darci puso la botella en la mesa y se sentó. Kalissa lo hizo a su lado.

–No te he hablado mucho de nuestro padre –dijo Darci.

–No importa –Kalissa sabía que Ian Rivers había sido desgraciado y que no había tenido éxito en la vida.

–Claro que importa. Hay cosas que debes saber. La primera es que, durante una época, fue muy amigo de Dalton Colborn.

–¿En serio? Creí que habías conocido a Shane la primavera pasada.

–Así es. Papá y Dalton fueron juntos a la escuela y fundaron una empresa e inventaron una turbina. Después, todo se vino abajo. Se pelearon, Dalton robó los planos de la turbina y, por algún motivo que desconozco, nuestro padre no lo denunció. Creo que lo intentó, pero que se dio por vencido.

–¿Así que era ingeniero?

–Y parece que bueno. Cuando murió, ya te dije que espié a Shane. Lo hice para demostrar que su fortuna era producto del robo de la propiedad intelectual de papá.

–¿Y así lo conociste?

–Me pilló espiándolo.

Kalissa sonrió. Conociendo el carácter de Shane, no debió de ser muy agradable.

–Pero, de todos modos, se enamoró de ti.

–Supongo que soy irresistible –afirmó Darci

con una sonrisita de suficiencia. Tomó la botella y sirvió el vino–. Pero el caso es que fui yo quien rio la última, ya que demostré que fue nuestro padre quien inventó la turbina.

Kalissa, asombrada, no supo qué decir.

–Ya sabes que la mitad de Colborn Aerospace es mía, pero no por mi matrimonio con Shane, sino porque podía haberlo demandado judicialmente y haber ganado.

–¿Ibas a hacerlo?

–Nuestro padre hubiera tenido derecho a la mitad de la empresa –Darci alzó la copa y Kalissa la imitó–. Enhorabuena, Kalissa, eres dueña del veinticinco por ciento de Colborn Aerospace. Kalissa estuvo a punto de soltar la copa. Se quedó petrificada.

–¿Qué? –consiguió articular a duras penas.

Darci chocó su copa con la de ella y bebió.

–Estamos juntas en esto, hermana. Prueba el vino.

–¿Qué? No, no.

–Sí –dijo su hermana–. No será oficial hasta que no bebas.

Kalissa tomó un gran sorbo de vino. Darci dejó la copa en la mesa y sonrió.

–Asusta un poco al principio, pero te acostumbrarás.

–¿Que me acostumbraré a ser multimillonaria? –Kalissa se levantó–. No es como cambiar de peinado.

–En cierto modo, es igual –afirmó Darci ante

la mirada estupefacta de su hermana–. Bueno, es un cambio radical de peinado. Tienes que empezar a pensar en ti de otro modo. Me alegro de que Garrison te caiga bien, porque se va a quedar. Podrás pagar las deudas que tengas en tu empresa y ampliarla mucho más deprisa de lo que planeabas. Son buenas noticias, ¿no?

–Es una locura – afirmó Kalissa volviendo a sentarse.

–En efecto, pero yo ya he pasado por ello, y estoy aquí para ayudarte. De momento, no debes hacer nada especial. Instálate aquí. Hay unos papeles que tienes que firmar.

–¿Y si no los firmo? –preguntó Kalissa aferrándose a ese rayo de esperanza.

–No servirá de mucho, ya que Shane tiene muy buenos abogados que conseguirán lo que queremos de un modo u otro –Darci la miró con los ojos empañados de lágrimas–. Nuestro padre estaría muy contento si pudiera ver esto. Estamos juntas, y su nombre ha sido reivindicado. Sé que tienes mucho que asimilar, pero me parece estupendo. Nunca he sido más feliz.

–Soy multimillonaria –afirmó Kalissa cerrando los ojos con fuerza. Estaba abrumada–. ¿Quién más lo sabe?

–De momento, Shane, dos abogados y yo.

–¿Podemos mantenerlo en secreto?

–Todo el tiempo que quieras. Bueno, dentro de un orden. No hay motivo para asustarse, Kalissa.

–¿De verdad? Pues estoy aterrorizada.

–También lo sabe Garrison. No es buena idea tener secretos con los empleados de seguridad.

A Kalissa le pareció bien.

–Solo quiero ser normal –apuntó riendo–. Bueno, todo lo normal que soy ahora. Al menos, durante cierto tiempo.

Temía contárselo a Riley. Tal vez no le importara y las cosas no cambiaran entre ellos. Sin embargo, no estaba dispuesta a arriesgarse.

Riley no iba a consentir que Shane lo apartara de Kalissa. Ellis Aviation acababa de ganar el contrato de la empresa canadiense, lo cual causaría a Shane un enfado monumental. Pero eso no impediría a Riley ir a verla.

En la recepción del edificio, los empleados de seguridad tenían su nombre, por lo que le dejaron pasar. Llevaba una pizza y seis cervezas de importación, ya que pensó que, al ser domingo por la noche, Megan estaría con Kalissa.

Fue ella quien le abrió la puerta, pero Riley oyó más voces.

–Hola, Riley –Megan lo saludó con una sonrisa–. Entra.

Garrison estaba allí, además de Shane y Darci.

–Es Riley –gritó Megan al tiempo que agarraba la caja de la pizza.

Kalissa le sonrió y se levantó para recibirlo. Shane lo miró con cara de pocos amigos, por lo que Riley supuso que ya sabría lo del contrato o que Kalissa y él habían pasado la noche juntos. De todos modos, como habían acordado ignorarse mutuamente, era lo que Riley pensaba hacer. Abrazó y besó a Kalissa.

–¿Te estás instalando?

–Me están mimando. Han traído solomillo y cangrejo. Estaban deliciosos.

Riley miró su sencilla pizza, que Megan había puesto en la mesa.

–¿Así que ya no tomas perritos calientes?

Ella lo miró con extrañeza y él se dio cuenta de que su tono le había indicado que estaba a la defensiva.

–Es bonito –afirmó él mirando a su alrededor, para cambiar de tema.

–Al principio, me pareció enorme, pero me estoy acostumbrando.

Riley pensó que lo estaba haciendo deprisa. Miró a Shane, que seguía observándolo con hostilidad. ¿Era ese el plan de su hermanastro? ¿Despertar en Kalissa el deseo de disfrutar de la buena vida porque sabía que él podía ofrecerle más cosas que Riley?

–Siéntate –dijo ella. Lo agarró del brazo y lo condujo a uno de los sofás frente a la chimenea y a un ventanal con vistas al lago–. Después, te enseñaré el piso, pero las demás habitaciones están llenas de cajas.

–Por eso no hemos cocinado –apunto Megan–. ¿Alguien quiere pizza?

Nadie aceptó el ofrecimiento. Riley tenía hambre, pero decidió esperar.

—En casa no cocinamos mucho —observó Darci, que, a diferencia de su esposo, no parecía sentirse a disgusto con Riley—. Tenía intención de hacerlo, pero todo está tan cerca para encargar la comida que te acabas volviendo perezosa.

—No eres perezosa —dijo Shane agarrándole la mano.

—Kalissa y yo tenemos que controlar el presupuesto —afirmó Megan.

Kalissa y Darci se miraron.

—Colborn Aerospace tiene cuenta en todos los restaurantes vecinos. Simplemente dadles el nombre —dijo Shane.

—No podemos —contestó Megan, y miró a Kalissa, que, a su vez, seguía mirando a Darci.

—Gracias, Shane, eres muy amable.

—¿Bromeas? —preguntó Megan—. ¿Tenemos carta blanca para encargar comida en restaurantes de cinco estrellas?

—Solo si empezamos a subir y bajar andando para quemar calorías —respondió Kalissa riéndose de manera forzada.

—Voy a por más vino —Darci se levantó—. ¿Me echas una mano, Kalissa?

—Si no me necesita ya esta noche, señor Colborn… —intervino Garrison levantándose.

—No, Garrison, gracias.

—¿Quiere que mueva esa caja antes de marcharme? —preguntó el guardaespaldas a Megan.

—¿La caja? Ah, sí, por favor Se me había olvidado.

Kalissa y Darci fueron a la cocina, en tanto que Garrison y Megan se dirigían al pasillo.

—¿Crees que vas a poder seguir al mismo ritmo? —preguntó Shane.

—Puedo comprarle todo el solomillo y el cangrejo que ella quiera —contestó Riley.

—Me refería al contrato canadiense.

—¿Ya te has enterado?

—Claro que me he enterado. Si sigues ganando contratos, no vas a tener suficientes trabajadores para encargarse de ellos.

A Riley eso no le preocupaba, o no mucho. Que la empresa trabajara al máximo de su capacidad no carecía de riesgos.

—Tal vez contrate a algunos de los tuyos.

—Y yo tal vez deje de pujar por los contratos de Dubái, California y el Reino Unido. Impuse una cláusula que me permite retirarme. Seguro que tú no lo hiciste. Si consigues todos los contratos, acabarás teniendo que pagar multas por retrasarte en las entregas.

—No lo harás —a pesar de que Shane no le cayera bien, Riley sabía que se atenía a un código moral—. Si fueras a jugar sucio te hubieras quedado con los soportes o me los hubieras cobrado más caros.

—No es lo mismo.

—Más o menos.

—No voy a retirarme.

—Y yo no voy a dejar de crecer.

—Pues continuaremos enfrentados.

—Creí que habíamos acordado ignorarnos.

—Entonces, ¿prefieres que sigamos sentados y nos miremos con el ceño fruncido?

—Desde luego.

—He encontrado un Chateau de Fontaines –anunció Darci entrando en el salón–. Kalissa va a traerte una copa –le dijo a Riley.

—Debiéramos marcharnos –apuntó Shane.

Darci los miró a los dos. Era evidente que entendía lo que sucedía, pero intentaba que las cosas no pasaran a mayores.

—Tengo que madrugar –insistió Shane.

—Es verdad –dijo Darci.

—Creo que el sacacorchos eléctrico se ha quedado sin batería –dijo Kalissa al entrar de nuevo al salón.

—Tenemos que marcharnos –Darci abrazó a su hermana y Shane la imitó.

Riley se levantó. Sabía que no tenía motivo alguno para estar celoso, pero no soportaba que ningún hombre la tocara.

Cuando se hubieron ido, Kalissa miró la botella.

—No sé cómo vamos a abrirla.

—¿Qué estás haciendo? –preguntó él.

—¿Cómo?

—¿Solo se necesita un vino caro y solomillo y cangrejo gratis?

—¿Qué te pasa? –preguntó ella

—¿No ves lo que Shane te está haciendo?

—¿Echarme una mano?

—Lanzarte lujos a la cara con la esperanza de que te gusten.

—¿Esperas que no me guste un Chateau de Fontaines?

—He traído cerveza. Antes, te gustaba.

—¿Quién dice que me haya dejado de gustar?

Se oyeron voces en el pasillo y Riley recordó que Garrison y Megan seguían allí.

—También he traído pizza, una pizza normal y barata.

—¿Tienes hambre?

—Sí.

—Pues come y deja de gritarme.

—No te estoy gritando —Riley hizo una pausa y bajó la voz—. No te grito.

—Me dijiste que viniera a vivir aquí y que hiciera lo que Shane me dijera.

—Trata de robarte, de alejarte de mí.

—No, ya tiene a mi hermana.

—No de ese modo.

—Entonces, ¿de qué modo?

—No me soporta.

—Intentas robarle todos los clientes.

—Es más que eso. No soporta que respire.

Kalissa dejó la botella de vino.

—Agarra la cerveza —dijo al tiempo que le desabotonaba el botón superior de la blusa—. Y trae la pizza —añadió mientras seguía desabotonándose la blusa.

Riley miró hacia el pasillo, preocupado porque Garrison reapareciera.

—Seamos normales y corrientes —Kalissa se quitó la blusa y la tiró al suelo.

–Para –dijo él apresurándose hacia ella, que se desabrochó el sujetador. Él le agarró la mano–. Lo digo en serio: ya basta.

–¿Quieres pelearte conmigo?

–No.

–Entonces, trae la pizza y la cerveza –se soltó de la mano de Riley y abrió la primera puerta del pasillo, se quitó el sujetador, lo tiró al suelo del pasillo y se metió en la habitación.

Riley no sabía si enfadarse o reírse. Estaba excitado. Sin perder tiempo, agarró la pizza y la cerveza con una mano, y la blusa y el sujetador con la otra, entró en la habitación y cerró la puerta.

–Esta nueva situación me confunde –afirmó ella, que parecía tremendamente vulnerable allí, de pie, prácticamente desnuda.

Él dejó lo que llevaba en las manos y avanzó hacia ella.

–No sé cómo comportarme ni qué sentir –añadió ella.

–Quiero ayudarte –contestó él con sinceridad.

–Es gracioso que, en estos momentos, tú seas, para mí, lo más normal del mundo.

Él se quitó la camisa y se situó frente a ella.

–Tú eres, para mí, lo que más valoro.

–¿Sigues queriendo pizza? –preguntó ella sonriendo.

–La pizza puede esperar –afirmó él quitándose los zapatos.

–Se enfriará.

–Pues yo me estoy calentando.

—Yo también —ella sonrió aún más.

Él se le acercó y le tomó el rostro entre las manos. Sus cuerpos se encontraron como si se pertenecieran el uno al otro.

—Riley…

—¿Qué?

—No sabía que fuera tuya para que pudieran robarme.

—Yo también estoy sorprendido —se inclinó para besarla—. Pero sé que eres mía.